大雅

为一种品格注脚

张曙光，著名诗人、学者、翻译家。1956年生于黑龙江，后先后供职于报社、出版社和高校。1980年开始发表作品，著有诗集《小丑的花格外衣》《雪或者其他》《午后的降雪》《张曙光诗选》《闹鬼的房子》等，部分作品被译成英、西、德、日、荷兰等多种语言。另译有大量欧美诗人的作品，出版译诗集《神曲》《切·米沃什诗选》，评论随笔集《堂·吉诃德的幽灵》《上帝送他一座图书馆》等。曾获首届刘丽安诗歌奖、第三届"诗歌与人"诗人奖及"诗建设"诗歌奖主奖等多个奖项。

大雅诗丛

看电影及其他

Kan Dianying Ji Qita

张曙光 — 著

广西人民出版社

目 录

第一辑

003　冬天
004　梦
005　浮士德写信给玛格丽特
008　牙疼
010　日瓦戈医生
011　父亲的葬礼
013　春天
015　这个夏天
016　老年的花园
018　当金盏花在八月又一次开放
020　角色
021　我们的新房客
023　岁月
025　一个场景
026　冬天的谎言

027　生活

028　毛拉的月亮

029　槐花盛开

030　音乐

032　归来

033　我的后现代景观

035　在蒙马特公墓：2002

036　爬山，在舞钢，2007年11月

038　关于贝·布托之死

039　尝试或虚无主义的宣言

041　必要的前提

043　生活在此处

045　怎样为一首诗命名

047　这场雨

049　小心驾驶

053　去睡吧，任一切在风中消逝

055　仪式

056　苹果

058　河流

059　他们来了

060　图画

061　纪念我的团团

062　爱丽丝的奇遇

063　朗读者

064　只有风景是不够的

066　练车

070　地铁站

071　有一本书的风景

第二辑

075　世界的终结

076　2010年元日

078　和僵尸作战（一）

080　没有风流的世纪

082　和僵尸作战（二）

084　德罗戈贝奇，波兰，1942年11月9日

086　无题

087　雨

089　理由

090　七月的鸟声

092　维多利亚公园

094　在花莲

096　有关陶渊明

098　读《布鲁姆斯伯里文化圈人物群像》

099　城市的梦

100　我无话可说

101　海伦或命运的诡计

102	日子或几张旧照片
103	螃蟹
105	永恒
106	失眠的夜晚
107	丢失的月亮
108	无题
109	月亮的葬礼
111	"当抬起头看到外面在下雪"
112	主人对我们做了些什么
113	卡桑德拉
114	致一位远方的朋友
116	诗人
117	假如一切重新开始
119	关于下雪
121	雪后在夜晚的街道
123	皮娜·鲍什
124	朋友
125	从沈阳回到哈尔滨
126	思想
127	关于杜甫
128	无题
130	秘密
131	这是个糟糕的夏天
134	游乐场
137	无题

第三辑

- 141 短歌集
- 141 悼念
- 142 黄昏
- 142 杯子
- 143 鞋子
- 143 暑假中
- 144 塞尚的苹果
- 144 另一个梦
- 145 死雨
- 145 人死后,如果灵魂仍然存在
- 146 下雪天
- 147 梦之书
- 147 在供销社
- 148 在南岗地下街
- 149 在医院里
- 150 忧伤的自行车
- 151 战斗
- 152 一只熊
- 153 在期刊门市部
- 155 应征仪式

156	谈话
157	盛夏读陶渊明
157	其一
158	其二
159	其三
160	其四
161	其五
162	其六
163	哈尔滨志
163	霁虹桥
165	学府路
167	动物园
170	北安街
173	桃花巷
175	通达街31号
177	火车站
179	欧罗巴旅馆
181	红霞街
183	文化公园
185	中央大街
186	圣伊维尔教堂
187	南岗体育场
189	索菲亚教堂
191	西头道街
192	马迭尔冷饮厅

第四辑

- 197　看电影
- 197　《美国人》
- 199　《迷人的四月》
- 202　《盗梦空间》
- 204　《破坏欲》
- 206　《慕德家的一夜》
- 208　《让子弹飞》
- 210　《后天》
- 213　《青木瓜之味》
- 216　《不散》
- 223　《五》
- 225　《咖啡时光》
- 227　《吸血鬼》
- 229　《放大》
- 231　《雨》
- 234　《一个半房间》
- 236　《潜行者》
- 239　《纳尼亚传奇：狮子、女巫和衣橱》
- 240　《洛杉矶之战》
- 242　《通向绞刑架的电梯》

244	《纽约，我爱你》
249	《飞屋环游记》
251	《香奈儿的秘密情史》
252	《爱你如诗美丽》
253	《深闺疑云》
255	《乳臭小儿》
257	《东尼泷谷》
259	《银娇》
260	《上帝帮助女孩》
262	《他是龙》
263	阿克苏行纪
277	后记

第一辑

冬 天

多么漫长的冬天呵。
仿佛比我们的一生还要长。
我走过很长的路,很长很长的路。
我四十九岁了。此刻我仍在雪地中跋涉。
我盼望。却不知道在盼望着什么。
在我的诗中总是在下雪,像词语,围困着我们。
但没有人知道,没有人知道,对于冬天和雪
我充满了难以抑制的憎恶和仇恨。

2005. 1. 17

梦

我在你身边坐下，惊讶地发现
你的脸上有着一道瘀伤
你说你摔倒了，这让我难过
我不知道在另一个世界里
仍然有苦难。你受得够多了
我指望你在那里会过上好日子
如果有上帝，他会这样做的
姥姥，此刻我醒着，坐在我的房间
你读过的那本《圣经》，摆在
我的书架上，上面仍然留有
你手指的印迹。但神迹在哪里？
如果有上帝，愿他指引我
通过梦和词语，穿过一个个
房间，找到真实的你，而这个
梦，但愿只是一个梦，一个
超出了我意愿和想象的梦

2005.1.21

浮士德写信给玛格丽特

> 照例谈起了德国。
> ——某诗歌节听众

玛格丽特,哦亲爱的玛格丽特
此刻我坐在桌子前面给你写信
1825 年 12 月 5 日。魏玛
冬天围困着我,疲惫着我的老年
窗玻璃融入寒冷的天空
仿佛并不存在。午后的阴影在
渐渐拉长。风从门和窗子的缝隙
钻了进来,翻弄着书页
像魔鬼伸出嘲笑的舌头
我的视力开始衰退,看到的
只是一个个模糊的影像——
我厌倦了这一切。荣誉,名声
和无用的知识。我渴望着拯救
但却不知道会被谁来拯救

我厌倦了这一切。谁创造了我?

我想是那个叫作歌德的家伙——
并把我出卖给了撒旦。他们一样
虚荣而愚蠢,就像我和你
而谁又创造了他们?是上帝?
我不知道。生命是一场无聊的游戏
世界只是我们游戏的场所
我们被一只手操纵着,它看不见
有人称之为命运。我们又该怎么办?
反抗和服从同样没有意义

而意义又是些什么?我查遍了所有的书籍
仍然无法找到答案。或许从来就不曾存在
我的眼睛肿胀,在放大镜后面
它被放大了,还有疑虑和痛苦
我被命名为知识分子,这是
那些更无知的人为我编织的
带荆棘的花冠。但也许正是这些
吸引着你。而你又是什么?
一个美丽而又虚幻的精灵
引导着我上升,然后一脚从云端中跌下?
我宁愿在嘈杂的酒馆里
听一些乡巴佬谈论今年的收成
谁的女人跟人跑了,或是
一只母猫产下了九只耗子
宁愿和你站在明亮的落地窗前
肩并着肩,看着月亮苍白地升起,或

雪片缓缓地落在花坛
在另一个时间中它们是雨
然而同样并不真实

2005.7.5

牙 疼

> 四月是残酷的月份
> ——T. S. 艾略特

整整一个月,我被该死的牙疼折腾得要命
肿胀,或钻心的刺痛,就像在伤口上
撒一把盐,或是用电钻突突钻着神经
椎心的疼呀,使我辜负了窗外的春天
尽管她用淡绿的纱裙撩拨着我。我的痛苦
来自一颗蛀牙,而不是源于思想
二十多年前,它就找过我的别扭
后来被钻洞,灌上了铅,像封住的墓穴——
但现在它复生了,像一个幽灵,对我
也似乎更加缠绵。我用尽各种方法驱赶它,
比如,吞下各种止痛药片,含着冰,或
抽打自己的嘴巴:对不起,我做错了什么
让我受到如此的惩罚。有些近于韩剧中的台词
但仍然没用。我的左脸肿起,像含了一颗糖球
或许我真的该受到报应?但这是形而下的痛苦
虽然在头上,而不是在脚底,可它

却更加难以忍受。是的,我受够了
尽管我深受和平主义的熏陶,决不
以暴易暴,但我决心拔了它,就像
布什老弟干掉萨达姆大叔。顶多会出现
一个洞,将用更加高级的充填物来填补
你快乐吗?我很快乐。狗屁歌词
我就这样一直被哄骗着,残酷的真相
被掩藏在甜蜜的谎言下面。但现在
我将放弃忍受,即使它微不足道
即使它只是微不足道的形而下的痛苦

日瓦戈医生

来自西伯利亚的冷空气
使城市的冬天变得严酷。
入冬以来,下过两三场雪,
一次是圣诞节,一次是新年。
也许还有一次,我忘记了。
树干黑瘦,屋顶却臃肿地发白。
人行道成了溜冰场,人们
小心地在冰面上行走,闭口
不谈江水的污染,却相信了
谎言和活性炭带来的奇迹。
在公交车胀起的公文包里,挂满
一张张没有表情的脸。车窗外
仍稀是尤里当年看到的景色。
雪。到处是雪。像诅咒,来自
冬天的暴政。但你要去哪里
日瓦戈医生?今夜我看见你
两脚陷在深深的雪里,手里握着的
是一本诗集。他写诗,不是
为了反抗,只是出于爱,那产生于
漫长冬天的对于拉娜的爱。

父亲的葬礼

就在母亲死后的第二十三个年头
我们又把父亲的骨灰
安放在了她的身旁。
在葬礼上,我最小的叔父——
现在也是唯一的叔父——
木讷而拘谨地站在
我旁边,仿佛这葬礼是为他
而举办。远道而来的亲友们
把一朵朵白色的菊花
撒在了父亲的身上——
2005 年的夏天。一场飓风
袭击了美国,在中东,自杀性爆炸
每天——几乎每天——都在发生。
战争、灾难和瘟疫,只不过是
死亡最为常见的面具——
我们熟悉这面孔,但这次
却显然不同。我经历了太多的
死亡:母亲,舅舅,奶奶
姥姥,和两个叔叔,而现在
是父亲。而就在把父母

合葬的前一个晚上，我梦见
他们坐在一起，年轻而喜悦
似乎从死亡的阴影中走出
（而我们仍徘徊在里面）。
死亡是一件严肃的事情
只是要以死者作为祭品。
现在是冬天了，他们的墓地
被厚厚的雪所覆盖。
但很快——当春天来到——
花朵毛茸茸的脑袋会从
大地探出，睁大闪亮的眼睛
好奇地看着，并参与着
永恒的生命循环。

2006.2.1 晨

春 天

这不是一首关于季节的诗。
甚至也不是一个隐喻。事实上
就在我写下这些的时候
外面仍旧在下雪。但这有什么关系
我早就习惯了这些,至于你
也会慢慢变得适应。树篱
是白色的,装扮成山楂树,或是
梨树缀满了洁白的花瓣。当然
比起那些纸花来,它们也许
更真实。我们重复着自己的错误
另一种说法是,它们是时间犯下的
而不是我们。的确,这不是春天
尽管已经是四月,但它在哪里?
它被偷走了,或是被廉价出售
还能说些什么?我们甚至
无法谈论着天气——
因为天空已经被管制,鸟儿的
翅膀也被戴上了枷锁。它们
不再飞翔,或歌唱,一部分
成了老鼠的本家(它们会重新

变回恐龙吗),日子只是日子
一个个擦着我们的额头滑过
我们无法抓住它们,比起小鸟
它们更具有飞翔的能力
它们去了哪里?是否会像鸟儿那样
有着自己的巢穴?我们并不拥有它们
我们拥有的只是谎言,和一个个
虚假的幻象。或许,并不是
我们创造出它们,而是被它们
所虚构:时间,历史,或自身

2006. 2. 26

这个夏天

六月,风从花丛和绿荫深处吹来,
我浅黄色的亚麻布外衣在猎猎飘动。
天空灰白,像花园中雨水冲刷过的石阶
空气中有雨和死亡的气息。

2006.6.7

老年的花园

1

是否应该感到绝望?如今我的两鬓
已被岁月染成白色,就像落满了雪
五十岁。我的一只脚踏进了老年
另一只仍在外面。也许是到了应该
改变一切的时候了,结束或重新开始
但窗外仍然是夏天,树叶在阳光中闪亮
孩子们嬉闹的声音,一阵阵传来
即使在昨天,我仍是他们中的一员。

2

生活让人疲惫而衰老。我小心翼翼地
识破它的伎俩和诡计,但最终总是
落入更大的陷阱。如今我只剩下
这座破败的花园,供我在里面散步
沉思,回味着我的人生——
叶子上满是灰尘,鸟儿也飞往别处
但仍然会有醉心的景色,当夜晚来临

会有一盏盏灯在天上亮起。

3

沉迷于诗歌,这门古老而衰落的艺术
更多是幻象,耗去了一生中美好的时光
却带给我什么?可曾使我的生命变得
完美,或给了我某种安慰?只是意味着
更多的重负,更多的重负或无法实现的
期待。但为什么抱怨?从来不曾有过
更高的预期。只是我已厌倦了真理
责任,和那些高声调的歌唱。

4

是到了应该改变一切的时候了。
结束或重新开始。但哪里是我的开始?
我惶惑,想到了那个古老的训诫
但愿能得到更多的激情,并从疯狂中
获取澄澈的智慧。来自对自身的超越,或
自我否定。起风了,叶子在风中摆动
但根却深深扎进土地。也许我该沉迷于秋天
明晰的景色,直到花园里落满了雪。

2006.7.19—21

当金盏花在八月又一次开放

我赶到的时候你已离开了我们。
当急促的电话铃声撕裂迟夏午后的沉寂
我跳上一辆出租车,直到看见
白色的 120 急救车停在院子里。医护人员
在做最后的努力,电击,一次,又一次
但无济于事。我失去了和你告别的机会
永远。你被带走了,似乎迫不及待地进入
另外的风景。我感到寒冷,我的心
紧缩成一团,像严冬的月亮。但八月的
金盏花仍然在阳光中绽放,现在是又一次——
这意味着生活仍在继续,我们只是
时间的产物,脆弱得不堪一击
死亡会在瞬间击垮我们,宣告着
一个世界的终结(但这是否在预示
生命的另一次开始),而在昨夜的梦里
我看到了你死去的场面,你的嘴半张着
眼角残留着一滴泪水。你仍然没有
说些什么,也许你是在无力地
抗争着死亡,或只是想默默
同我作最后的告别,加深我的悔恨——

哦，爸爸，即使是在梦里，我也没有办法
挽回你的生命。现在金盏花在八月里
又一次开放，并会继续开下去。时间
将会冲淡这一切，但它沉积着
还有生命，黑暗，和我的悲哀

2006.9.5

角 色

事实上,它已经成了我的一部分。
或许是全部。不只是面具、商标
和皮肤。我带着它赴约,去见一些陌生人,
有时会和它聊天,甚至为一些小事争吵。
生活中有着太多的乐趣
或陷阱,我知道,我得为这一切买单。

街灯透过树丛燃亮,像蜂巢,或它的脸。
但它有着足够的想象力,多变
让我难以把握。可恶的房客,它占据着
我身体的房间,而我被驱逐了。
只有在夜深,我独自走在
梦的开花小径,望着天上的月亮

意识到这不过是一小块冰冷的石头。
而我,也只是它的一个影子。这是说,
我们的存在,必须依赖于某些东西——
譬如说,观念,或包装。事实是,它已经
成了我的全部,或我的另一个自我
它紧紧包裹着我,像一口棺材。

我们的新房客

九月的邻居搬走了。
房间变得空荡荡的,只剩下几盆花
在阳台上——西番莲或洋绣球——
照亮秋天慵倦的眼睛。
我们为免费的风景付出了
足够的代价,也许仍在付出着。
现在我们有足够大的舞台观看
新仪式的上演,就像一部情色电影,
但仍然是老套。
     天色现在变暗了,
从蓝宝石的穹顶,投射出一束束
微弱的星光,使时间变得暧昧。远处
一辆消防车发出急促的叫声
划过街道的皮肤,然后
一切归于沉寂。生活令人厌倦
也带有一点点期许,但最终
不过是一次壁画上的圣餐。我们
注视着的,只是它的复制品——
十二个。这预示着一切将会终结

但现在还在继续着,它的欢迎仪式仍然盛大而隆重。

2006.9.19—21

岁　月

它的身上溅满了泥。看上去
更像是一列巨大的
蒸汽机车的幽灵，而不是
一首歌。它承载着我们太多的
想象和忧伤。我们目送着它远去
消失在虚无的风景中，相信
有一天，它会喘息着
出现在我们的梦里，带来
我们所需要的一切。
现在外面下着雨，白昼
似乎变得可疑，街区空荡荡的
花坛中的花朵落寞地
向着秋天致意。人们
去了海滩，或躲进酒吧
那里一场足球赛正在进行
或一部冗长的电视剧，正像
我们每天的生活。它被持续
上演着，或者被遗忘。但它
会再一次出现吗？或只是
一次次的重复？有着更多的

音调和陌生的风景，装饰着它
我站立在这里，不是其中的
角色，更像是一个旁观者。

2006.10.6

一个场景

在你说话的时候,雨一直在下。
当然你没有必要为天气负责
我也一样。生活中有着太多的巧合
就像墙上那面旧挂钟,我们一提到时间
它就会伸出一只鸟头准确报时。
我们无法知道哪些是命中注定
哪些只是在瞬间中发生——
但这些已无关紧要,因为结局已经注定。
如今一切都变得自然了。我是说
没有什么被要求做出改变。
我们为生活付出了沉重的代价
而且还将继续付出。它也在继续
我是指季节。它变换着制服
当我从沉思中醒来,也许会看到
窗台上积满厚厚的雪。但确实
会是这样吗?我真的无法知道。

2006.12.2

冬天的谎言

这场雪不期而至,大地仿佛
被施了魔法,使慵倦的眼睛变得惊喜。
对于生活,我们有了更多的期待,直到
暗红色树篱上缀满了洁白的女贞子——
似乎春天在一夜间改变了主意,提早到来,
并随时准备兑现它的承诺。当然,这算不上稀奇
我已经不会被冬天的谎言所迷惑
尽管它是善意的,也称得上美丽。

2007.1.30

生　活

是的,也许我们应该做出一些改变。
但这是否意味着我们要回到过去,
或重新开始?即使这样,我们可能
做得更糟,而不是更好。生活,的确
令人感到厌倦。我们渴望着
某种意想不到的奇迹,譬如老树上
结出硕大的星星,美丽如花朵。
那些死去的人们,会再次对我们发出微笑,
而我们也重新变得年轻。
但外面在下雨。雨滴落在屋顶,
发出单调的声音,像回忆。而我,
只是在屋子里面漫步,沉思,得到的
启示,似乎并不比坟墓里面的人更多。
二十年过去了。二十年或者更久。当年
我们坚信我们将会得到追求的一切,
但现在朋友们散去了,我看到了
我们追求的一切,经过长久沉淀
而变得明晰:只是活着,或者死去。

2007.4.16

毛拉的月亮

通向救赎的道路遥远而艰难。
在月亮下是那么的惨白,
看上去就像沙漠中骆驼的尸骨。
它们默默地生,默默地死
穿过月亮的针孔,走向朝圣者的天国。
它们从不祈祷。

2007.5.29

槐花盛开

对你这将意味着什么,或许
并不意味着什么。某些时候……
天气看上去有些可疑,似乎
在下雪,也可能是出于想象,或槐花盛开
我们渴望着变化的出现
在这迷人的四月的黄昏,它更像一个陌生人
出现在小路的尽头,然后叩响
你的房门。有着更多的惊喜
被虚构着,像初吻。"这个夏天,我们
要去海滨度假。"生活总是如此
令人期待。或许并不令人期待
但季节总会适时到来,还有
路边或花坛中的花朵,开花
或凋落。它们的花期和我们的生命
一样短暂,或冗长。我们模拟着植物
但看上去并不相同。此刻你正慵倦地
望着窗外,沉思,并且
写下这些毫不相干的句子。

2007.8.4,8.6 改

音 乐

可爱的精灵,你吃着音乐长大。音乐是你的食粮。
我听着萨蒂的《裸体歌舞》和肖邦的圆舞曲
它们都是你的最爱。还有约翰·列侬的 *From me to you*
Let it be 和 *Yesterday*,我更爱后面的两首
说实话,我被深深地打动了。我一遍又一遍地听着
直到泪水涌出我的眼睛。美好的事物总是会给
我们重重的一击,像拳头。它来自心灵深处的记忆,一束
永不枯萎的花。卡朋特的 *Yesterday Once More*
也动人,但我更愿让时光倒流,那样你就可以
看到年轻时的我。伦纳德·科恩的《著名蓝雨衣》
让我喜欢,还有那首你提到的《天生杀人狂》中的插曲
他忧郁的气质和沙哑的嗓音和我的诗或许接近。
奥哈拉为她的死写下挽歌的 Billie Holiday 的专辑
我渴望找到,但没能如愿。老阿姆斯特朗的歌声
使我想到了星空下缓缓流动的河流,密西西比
几年前我和朋友们曾在河边谈着诗歌和各自的生活
想起来仿佛在昨天。哦,昨天。我真的还想再听一遍
列侬的歌。他死于 1980 年 12 月 8 日,二十六年前
但听上去就像是在你面前演唱。我听雷·查尔斯,
鲍勃·迪伦,以及 Lisa Ekdahl。但我更沉迷于古典乐

我爱巴赫、海顿和肖邦,喜欢马勒和肖斯塔科维奇
还有普契尼。今夜无人入睡,三个高音C,使我们想到
爱就是猜谜。猜中了就活,猜不中就死。
多么残酷,似乎面对的是斯芬克斯。在爱情中,人们将给
对方一个全新的名字。今夜无人入睡。是的,在我心里
也藏有某些旧时的秘密。当然这算不了什么。现在
外面下起了雨。雨改变着事物的形状和色彩,像音乐。
我放着比尔·埃文斯的 *dancing in the dark*,想象着
无数朵伞在街道上寂寞地绽开。你那里也在下雨吗?
或坐在明亮的窗前听着音乐,让梦想随月光而展开
或你就是月光,或一首由月光凝成的音乐。

2007

归　来

当我从死亡的区域返回
发现熟悉的一切都已改变——
那些集市、街道和房子——
我昔日的情人们变老
鸥鸟们死去，在海滩上翻飞的
只是它们的后代。
而我是一个陌生人，来自
远方的流浪汉，没有人认得我
只有那条狗，在阳光中打盹
它的生命即将终止——
哦怎样才能抑止我们
对这个世界狂暴的激情？
在公元前八世纪老荷马
记录下我的事迹，一半真实
另一半是虚构。后世的学者们
称颂他开创出回归的主题
事实上，我从来不曾回归
也无法抵达我的终点，只是
在永恒的追寻中漂泊，但一无所获

我的后现代景观

有些时候我们得为自己的
言行负责。另一些时候
我们做户外有氧运动
切开新鲜的水果,我们看到
事物内部结构的剖面。上个星期
热带飓风袭击了孟加拉国,而在阿拉斯加
开始下雪。有多少爱可以重来
我们追逐着时间,或被时间追逐
当登上月亮,宇航员发现上面的陨石坑
已被诗人们的想象填满
猪在唱歌。它渴望着飞翔
帕瓦罗蒂死后留下了
遗产纠纷和巨额债务
小津安二郎曾经因思想叛逆
被学校开除,但他最终成了电影中的
古典主义者。迷恋着天花板,他的镜头
总是向上仰拍。一只狗走过午后
寂静的街道,安达鲁西亚的狗
"无休止的相互指涉,有着
广泛的含意。它创造了一种

不断增长却不那么丰富的语言的
和视觉的景观"。或"更多的时候
它意味着一种舒适安逸、互相称贺
交叉指涉和循环重复的形式"
安吉拉·默克罗比在《后现代主义
与大众文化》中这样写。沉默是金
博尔赫斯的花园里铺满了落叶
而苏珊·桑塔格则永远闭嘴
2001年我在美国差点见到了她
但我讨厌她的政治立场——
失去了姿色的老左，在中国
却有着众多的崇拜者
在正午，当洒水车驶过花木
显得葱茏。但这是一个隐喻吗？
或只是一个日常的指涉？
我们围坐在桌前，唱着祈祷歌
或听着蹩脚的祝词。那天我们吃着手擀面
和年轻的工作队员一起
邻家的老太太剪短了头发，笨拙地
跳起了忠字舞。一出闹剧，
每个人都在扮演着不同的角色。
很久了，不是吗？但一切
仍在延续，或戴上新的面具
雪花在电视的屏幕上飘落
积聚，缓缓地淹没着我们的脚踝

在蒙马特公墓：2002

也许我该说点什么，对于死亡
和那些死者。但我最终选择了沉默
他们已经听到了太多的议论
现在该是清静一下的时候了。
在我看来，只有死亡才是平等的，不平等的
只是坟墓和葬仪的方式——
而对死去的人，这些并没有什么不同
他们安静地躺着，面对着同一片虚无的风景
而我们则屏住呼吸，在这些墓碑间穿行，
看着他们长长的一生被浓缩成几行铭文
或没有铭文。然后回到各自的房子
（一所更大的坟墓），透过窗帘，望着外面
空寂的街道，想象着他们曾经和我们一样
长久地注视着从窗玻璃上滑落的雨点
削一只苹果，听一首伤感的曲子，伤感或快乐
然后微笑，或泪流满面地望着大海
就像维吉尔的诗中写到的那样。

2007.12.11—13

爬山，在舞钢，2007年11月

现在我们看不到了这座山
因为我们已是在山中，脚下
只有上山的路和下山的路
其实只是一条。陡峭，但并没有
超出我们的预期。石缝里，野花
和羊齿类植物用细小的脚掌攀爬，远处
一些山羊，身手远比我们更矫捷
这里是它们的家园，而我们所做的
或者将要做的，无非是上去
上去再下来，短暂领略一下高峰的快感
然后回到坚实的地面（看上去徒劳无益）
正如我们从各地汇集到这里
乘着汽车、火车或飞机，此后
也终将会散去。但我们需要这过程
我是说需要领略这陌生的美丽
或用激情点燃自己，以及诗。正如这次爬山
肺部吸入了更多新鲜的空气
脚步也变得更加沉稳而坚实

"我是飞来的"①,渴望着自身生出翅膀
但不是为了成为天使,而只是飞翔
飞翔也是岩石的梦想。但这里不再是南岳
而是中原,一切笼罩在秋色里,等待着成熟
但我们清楚,一切生命的归宿最终
是大地,哪怕是一只飞翔的小鸟——
因此我们在石漫滩的水边
相聚,谈论着新诗与自然——
更远些是黄河,那条孕育着
长久文明的幸与不幸的河流——
此时我们的目标只是攀到山的最高处
眺望,沉思,或发出一声长啸

2007.12.24

---

① 引自英国诗人燕卜荪《南岳之秋》一诗。

关于贝·布托之死

在电视里看不到枪击和爆炸的场面
只有一团混乱。人们奔逃着,或把一具具尸体
抬上汽车,一个人跪在地上,向着天空摊开双手
显得悲伤而无助。播音员用近乎冷漠的声音
报道着这个不平常的事件。其实这很平常
其实死亡每一天——甚至每时每刻——都在发生,只不过
这一次选中的是你。哦,玫瑰,火的玫瑰,血的玫瑰
此后我们将看到更多的火和更多的血。你的死
只是你个体生命的终结,还有野心和抱负
而不是苦难。1979年,我在半导体里听到了
阿里·布托被绞死的消息,现在则是另一个
只是死亡的方式略有不同。现在我们了解到
更多的细节,你在父亲临死前曾经发誓
继续他的事业(而不是相反),我想他最后
注视着你的目光一定充满着悲伤,因为从自身的命运中
他将看到你的命运。现在时机成熟了
就像一朵花——半凋谢的玫瑰——被两根手指
从生命的花茎上摘下,小心地,但毫不犹豫

2007.12.28

尝试或虚无主义的宣言

我在做着这件事。轻盈地坠下
或沉重地升起。我尝试着
事实上是在做出选择：接受或拒绝
在我看来这没什么不同。浓雾
遮住的远处的布景，现在我们
只能等待：当一辆汽车驶过
积满雨水的街道，夜晚黑色的礼服上
被溅满了泥。空调机发出嗡嗡声
制造着相反的季节。仿佛这个世界
变得陌生，就像一位死去多年的
老祖母，突然出现，带着
暧昧的微笑和全新的习惯，或是
一个来自可疑地点的邮包，里面的
盒子是空的，或是一颗玩具炸弹
我看着那只苹果在变大，充塞了
整个舞台，圆形大厅里面
回响着空洞的脚步声，这意味着
主人已经离去。但这是否是
一个新的开始，开始或结束？然后
我们从一扇门，走进另一扇门

我们飞翔着,或学习着歌唱
在这座笼子里,但注定没有掌声

2007. 12. 31

必要的前提

夜深了,我在床头摸索着
找寻那瓶酒,喝上一小杯
白兰地,然后睡觉。
或许,这是一个必要的前提。
忙碌的一天,上网,接电话
聊天,读那本《后垮掉派诗选》
从书本上记下了一些
新鲜的词句,但毫无用处。
现在终于可以安心睡觉了,尽管
我讨厌睡觉,在我看来
这和死亡没有区别。我宁愿
醒着,做那些无聊的事情
或坐在那里发呆。团团死了
卡卡也死了,我想念它们
确切说应该是他们,两个
棒男孩。外面是黑色的夜空
有一种寂静的悲哀潜入
我的心里。偶尔有远处的
车声传来,然后是沉寂。
但星空的发动机在某个地方

悄悄地运转,带动着我们到下一站,直至终点。

2008.2.28 夜

生活在此处

我的脖子僵硬而疼痛
无法正常转动,这无非是
一次落枕——不正确的睡姿导致
与疾病无关。但事实上
我一向睡得很少,而且
我睡得越来越少。我讨厌
在黑暗中关闭掉所有的感官
就像说声"晚安",啪的一声熄掉
床头的那盏台灯,或是
白天吝惜地收拢它最后的光线
我泡上一杯立顿红茶
盘算着是否还要加上
一片柠檬和一块方糖
然后看着它像夜色渐渐变浓
昨天朋友们谈论着永恒
今天他们中有的人死去
我努力睁大眼睛,望着窗外
想象着雨后空荡荡的篮球场
在童年长着青草的围墙上,随时

会出现一张怪脸,或是
一条毛茸茸的尾巴垂下

2008.3.8 晚

怎样为一首诗命名

它出现了,在不经意间
来得让你毫无防范,就像
一个私生子,你必须负起责任
这意味着承认它的存在
并在存在中为它命名

命名是一种艺术,还有(如普拉斯说)
死亡,我们在有生之年
都必须学会。有太多的规则
和禁忌,譬如你不能把雪
称作盐,反过来也是一样

尽管它们都很洁白,但这
不是它们唯一的特质
现在我必须小心地
注视它,得从手掌的纹路
或几张散乱的塔罗牌中

观测命运的走向,并揣测
它的反应,愤怒、失望

或害羞,有时它的鼻子会变长
长得就像生命本身
甚至长过我们的生命

2008.3.9 晨

这场雨

雨下得并不是很大,只是像啜泣
像一个人从心底发出的啜泣——
为了回忆,或一件在别人看来
微不足道的事情,而自己却足够珍惜。

生活就是这样。他转身离去,夏天也随之消逝。
天气变得捉摸不定,有时阴有时晴。
活着需要足够的勇气,和一点点的耐心
你有了吗?或许正在通过学习而得到?

以往的日子被写进一本书,它的名字
叫"遗忘",为此我们应该感到庆幸
因为替自己争得了足够的空间。
重复着自己和他人,却不感到单调。

而阳光仍然会猛烈地狂泻,树影
仍然会在窗前摇动。夏天会再次来临
还有秋天、冬天,按照它们各自的
节序,还有一场场雨。我们按季节和程度

称呼它们，正如我们有着不同的哭泣。
我们为事物命名：爱与孤独，流逝着的生命
令人战栗和快乐的遗忘，以及
这场雨：但它们仍然是自己。

2008.4.27—29

小心驾驶

我们的目光总会被周围的景物吸引，譬如
那座披着早晨阳光的小山，如但丁在诗中所描写
凋谢的李子树，动物们缓缓地走向
最后的归宿，当一座座水泥的楼房
毒牙般从它们昔日的乐园生长
但似乎没有人关心这些，我们在意的
只是速度，和行驶的方向。广告牌和行车标志
在车窗外闪过，还有季节和风景。但它们的存在
只是短暂的一瞬，然后就被抛在了后面

一个，又一个。还会有多少精彩的瞬间
被我们捕捉？对于我们，这些只是短暂的存在
它们因我们而生动，但我们的注视
无法使它们获得恒久的生命。我们也一样
依靠速度，或方向的正确，对抗着时间
最终是徒劳。我们穿越了漫长的冬季
那一片无尽的雪野，而现在是四月，道路
变得泥泞，雨一直在下个不停，使我们的心情
变得阴郁。但事情毕竟会出现转机，经过

三个阴沉的天气,现在终于放晴了
也许不会持续得很久,却仍然
值得珍惜。古龙香水、时尚杂志
和 CD,抚慰着我们,我们有足够的时间
安排我们的生活,让一切变得适意
但我们究竟在追寻着什么?哪里是我们
旅程的终点?那里有什么?或许只是
一座虚幻的城堡,武士们的幽灵
仍会在里面出没,但墙上的刀剑早已锈蚀

因为这夜晚,帕蒂·史密斯的歌声
刺穿了我的心脏。或幽灵起舞
被激情所驱使,我们欲望的引擎
在黑暗中快速转动,把我们的躯体
带入快感的晕眩。哦,美好的一天。或"我将记住
这一刻。这寂静,这暮色"。但今夜
我们将在哪里过夜?我们将怎样安顿这颗心
抑止无休止的渴望?它折磨着我们
像一条狗。我们是囚犯,禁锢在自我的石牢

或某个传说中的骑士,匆忙地穿过
云杉和一片灰色的海,解救那位
被囚禁的公主,或喷火的龙。但谁会来解救我们?
我们只是虚无的产物,从一个梦中浮现
然后进入另一个梦里。永无止息——
我的眼睛因疲惫而变红。我渴望着

睡眠,或中途小站的午餐。但当夜晚来临
我仍会被那些幽灵缠绕,听他们讲那些
老套的故事,快乐或忧伤,我们因袭着过去

这些构成了我们全部的知识。"那是
很久很久以前的事了",或"在我年轻的
时候",故事总是以这样的方式开始,但结尾
却各有不同。重复着别人,也被别人重复
"这个傍晚我们过得真好",生活中有太多奇迹
星空旋转着,我们就这样老去,我们就这样老去
当情人离开我们,朋友疏远或死去——
我们将穿过那条发白的街巷,两旁的波斯菊
落满了灰尘,路灯把我们孤寂的影子

投在涂鸦的墙上。一只狗冲着我们吠叫
还会有什么?月亮,树篱,或想象中的田野
折叠或伸展,布满巨大的阴影,这些
不复存在的古老意象?但此刻我们仍会陶醉于
速度和激情,快些,更快些,道路
在我们的面前铺开、延展,更多的影像
进入我们的视野,更加眩目的未来
被我们所展望。我们虚构着这一切
也同样被这一切所虚构。那个春天

在圣米凯莱墓地庞德的墓前,几片
月桂树的叶子,成为此行的纪念。他曾经

对着这世界咆哮，但此刻在暮色中沉寂。墓碑上
只有他的名字，而花瓶中的玫瑰早已枯萎
它们会重新绽放吗？就像那只鸽子
在某个早晨，会重新出现在我们的窗前
那是很久以前的事了。但还是那一只吗？
或许只是它的后代。陌生只是我们熟悉事物的
另一种存在方式，延续也只是对重复的遗忘

在每一片风景和每一行诗中，直到永远
但也许真的应该放慢我们的速度，也许应该
停下来欣赏一下风景，让眼睛和心灵
得到滋养，或思考我们的人生，改变
一下方向。"哦，小心驾驶"，但我们总是会被
这样提醒，当我们的目光被周围的景物所吸引
或我们的思绪从方向盘上游离。我们把自己
交付给未来，相信一切会变得更加美好
注视着前方，却不知道下一刻会有什么发生

2008.6.26

去睡吧,任一切在风中消逝

此刻我该说些什么?通向你的道路
是多么遥远。雪和浓重的夜色,在窗外
掩藏起风景和悲哀。我的心变得沉寂。
在我的房间里,仍然是它们所是的事物:
台灯发出淡黄的光晕,散乱在桌上的CD
电脑在嗡嗡响着,它梦见自己
变成一架飞行器,等待着起飞。起皱的床单
使床具有了波浪形状,看上去更像是一张床,却在无形中
透露出某种暧昧的气息。我熟悉并拥有这一切
却没有什么真正属我。它们不过是时间的道具
我也只是扮演着命运游戏中的一个角色。
我们用生命丈量着时间,或装点历史
最终是徒劳。而我们的悲哀和喜悦
(生命付给我们的补偿),就像这场雪
很快就会融化。是的,现在已经是四月了
艾略特称之为残酷的月份,但只有雪
荒地上没有丁香。我们和我们的一切
都将随着季节轮转,全然由不得自己。
去睡吧,任一切在风中消逝。
假如楼梯上传来轻微的脚步,那只是

一个迟归房客，或迷途的幽灵——
我熟悉他尘土般的气息——
但他不会搅扰到我，尽管我希望这样。

2009.3.29

仪 式

一只肤色深深的手放在《圣经》上。这是否意味着
一个新时代的开始？但这注定不属于我
或不属于我们。然而生活仍在继续着
雪在不时地下，寂静像光线，聚拢在
房子和树木的周围。啄食的麻雀会突然飞起
子弹般射向天空。铅灰的天空是湖面结冻的冰层
我们是鱼，无法浮出水面，只是望着
做飞翔的梦，有时会因为乏氧而张口喘息。

2009. 1. 23

苹　果

也许它们有着自己的名字
尽管我们管它们叫苹果，也许
它们根本不在乎我们叫它们什么。正如我们
可能会被另一些存在用别的名字
称呼（我们全然不晓），而那些
梨子、柑橘和菠萝，也有着
属于自己的不同叫法。事实上
我们对它们一无所知，我们
只是在品尝着它们，削皮、
切开，感受着它的色泽、形状
果肉和汁液，却不知道它们为什么存在——
只是为了自身的繁衍，那种
无意义的循环，还是为了满足
我们的口腹之欲？我们同样不知道
当它们进入我们黑暗的体内，会有哪些变化发生——
当五月炫耀着它芬芳的洁白
它们在虚无中生长，全然不顾
海伦或是莫德·岗在树下徘徊
对于我们，一个必要的前提，就是

它们必须好吃，甜美而多汁，有益于健康
诗歌有时也是这样。

2009.1.27

河　流

坐在河的尽头，那位老人，在沉思
夜晚来临了，手中的烟头点燃着雾霭
终于西天的云霞暗了下去，深灰色的水流
几乎和夜色融为一体。凝望着，那位老人
坐在河的尽头。他是谁，他在思索着什么？
也许这是三十年后的我。也许他会想起
太多的往事。他的一生像河流一样流去
平缓，或打着漩涡，再也不会返回。那些美好的时光
还有许多熟悉的人。当这样想着
他看到那些死者，从上流漂下，发出微笑

2009

他们来了

他们来了，一群野蛮人，来自偏远的异乡，
操着不同的口音。他们来了，乘坐汽车或火车，
或是从汽车换乘火车——他们来到这城市，
睁大惊奇的眼睛，带着傲慢、自得和失落——
但没有了马匹和骆驼。他们来了。他们是征服者。
三十年过去了，广场集合起阴影，雪在黑暗中窃窃私语。
他们是年轻的野心，占领城市，追逐女人，
蔑视着时间和死亡。但现在他们终于发现
他们被这里围困。他们有的离去了，剩下的
仍在陌生的街道中游荡，却找不到最终的归宿。

2009.3.17

图 画

他们围坐在餐桌旁,亲密而孤独——
桌布洁白,铺展开一片空寂的日子——
他们切开母亲,小心分割着
"味道好极了,要不要再来一点?""不啦,谢谢。"

午后的光线清冷而僵硬。大理石地面
像雨后反光的水洼,映出了墙上的树影
和叶子肥厚的热带植物,鱼在中间游动着。
"这是一个古老的童话?""哦,正好相反。"

2009. 3. 20

纪念我的团团

他死了，我们把他埋在了楼下的小花园。
他死了，在大清早我还看见他在阳台练习着腾跃。
他死了，我们把他装进了一个精致的纸盒。
他死了，在我挖坑的时候，女儿和妻子捧着纸盒坐在长椅上等待。
他死了，长椅的周围撒满沾满泪水的纸巾，像三月的残雪。
他死了，我们埋葬了他，埋葬了他带给我们所有的快乐。
他死了，我忘记了那个晚上是否有月亮。
他死了，他的一生短暂而安宁。
他死了，带走了他漂亮的毛皮和最后的痛苦。
他死了，带走了他的善良、可爱和他的孤独。
他死了，去了另一个世界探知生和死的秘密。
他死了，把悲哀留给了我们细细地品尝。
他死了，我们只能在照片 DV 和梦里见到他。
他死了，他的同类仍在街头被装在笼子里作为商品出售着。
他死了，他的命运像所有人的命运，并不在自己的手中。
他死了，一岁半。至死他都是个单身汉。
他死了，自从来到我家，他再没见过自己的同类。

2009.3.30

爱丽丝的奇遇

爱丽丝掉进了一个老鼠洞
于是她奇妙地变小了。
她进入了一个新奇的世界。
她是在做梦吗？或写这本书的人在做梦？
——梦见她掉进了一个老鼠洞
于是她奇妙地变小了。
她（也带着我们）进入了一个新奇的世界。
我也经常做梦，但从来没有梦见爱丽丝
也没有梦见过别的女孩的奇遇。
我的梦总是很平常，更像是生活的翻版。
我梦见电影院，自行车，童年时的院落。
梦见死去很久的亲人，他们的笑容像活着时一样亲切。
但我从来没有梦见爱丽丝
也从来没有梦见自己变小
然后进入一个新奇的世界。
我的梦总是很平常，而且大都是黑白的，
就像是一幅幅旧照片，或是最初的老电影，
它们被尘封在记忆阁楼的某个角落，
只是在无意间翻找出来。

朗读者

他读一首诗就像展开一片谙熟的风景。
他的声音使午后的光线倾斜而颤抖。
他的语气平稳,仿佛在用诗句包裹着自我。
对于声誉他没有任何期待。他不相信未来,未来只是一种
　损耗;
他同样不相信人性,包括那些年轻的友情。
他曾试图在诗句中抓住时间的幻象
但最终是徒劳。他知道没有人能够做到。
他读一首诗,面对热切或冷漠的目光。
他并不感到痛苦或焦灼。
他熟悉掌声和游戏后面的杀机。
他是一个虚无主义者,时间
将会使他变得更加虚无。
他读一首诗,屋子里的空气变得清冷
他仍在试图抓住些什么吗?他不知道。

2009.5.28

只有风景是不够的

是的,我们总是会为自己制造出
一些小小的混乱,像这场正在进行着的纸牌游戏
屋子里有很多人,但他们消失了。然后
云朵静止在人行道的上方,执拗地
把自己想象成一座雕塑
而水被塑造成明亮的立方体
或模拟着各种事物的形状
譬如在一只高脚杯里,像一只梨。
对于我们,生活中有太多的奇迹
如同一场突如其来的雪

但此刻春天正被一只手举起。它在
电视发射塔的尖顶上筑起了巢穴
一个男人和一个女人在办公室的地板上
做爱。午后的光线中充满单调的节奏
但此刻它的律动在重复中变得甜蜜
雨水冰冷的手指抚慰着白昼的风景,它们
仍然在那里。故事被又一次悬置
但那位盲歌手照旧没有出现。他的位置
已被另外一些人占据,他们用帽子

变起了戏法，吸引着路人的目光
当一辆公共汽车从楼房和树木中间驶过
像一头熊穿过我们的童年

的确，只有风景是不够的，有时
我们还需要另外的一些事物
用来弥补那些在微风中裸露的心灵
譬如，一段伴着橘黄色灯光的钢琴曲
从窗子里飘出——肖邦或舒曼——
或是街头的一次意外的邂逅
以及两性间永远持续着秘密战争
不然就那么站着，让时间和人流静止
直到世界的终结。没有什么会长久存在
但总得有所行动，总得采取某种方式
注满棋盘中的空格——但棋手们已经离开了
广场上变得空寂——

你注视着这一切。此刻春天的光影
正在你的脸上流漾。你在想些什么
而你又是谁？我必定在某个地方见过你
或许是前世。我们活得太久了，也许
并不够久。但风景也会和我们一样变老吗？
我不知道。事实上，这一切已无关紧要

练　车

透过明亮的风挡玻璃,周围的世界
变得陌生。树木和楼房的影子
在上面流漾,行人和车辆成为他者
充满着敌意。在它们中间艰难地穿行
更像是一场搏斗,双手握紧方向盘
右脚在刹车和油门间不停地
变换。事实上,你是个左撇子
这同样意味着你的左脚比起右脚
更为灵活。但这个世界并非为你而设计
想到这里,一种沮丧从内心升起
像动力通过连杆和曲轴向外传导——
"给点油,刹车,转向",教练提醒着
但这一连串的动作让你的手脚
变得慌乱。为什么要买车?难道
这个城市的汽车还不够多?废气
排放造成的污染还不够严重?一次又一次
你向着自己发问。但生活需要速度
跟上它,你才不会成为落伍者,才不会
被飞速行驶的时代抛弃。一辆汽车
意味着人生的一张入场券,尽管仍然有等级——

当然你仍然处在初级阶段,或只是做着
入场前的准备。生活中充满威胁和诱惑
它不会迁就我们,我们却必须为它而改变
无疑这是一个伟大的时代,全速前进
已成为一种全新的信仰,而我们的偶像
只是一款款名车:奔驰,劳斯莱斯
宝马,或是法拉利和保时捷——
有着欧式名贵的血统,气宇轩昂,或保持
某种居高临下的谦逊,就像红衣大主教
但夹在那些二三流的市民中间,它是否
会变得困窘?从果戈理大街到李范五花园
"环岛,出去时再打转向灯"
或"注意在行车道间行驶",以及"并线,
看后视镜"。车速平稳,但你却感到
像是在汹涌的大海中行驶,一个
突如其来的浪头,随时就能把小船
击打得粉碎。但人生就是这样充满
戏剧性,此刻一辆白色的宝马 X5
突然从你的身后驶出,后面跟着切诺基
大吉普。左边黑色的奥迪 A8,右面
一辆破损的公交大巴。"买车就买比亚迪 F6 吧
样子特像奔驰,不然就买铃木天宇"
他一天工作十小时,教我们这些菜鸟
如何上路。冬天就开大客或是出租
他的另一位学员,年轻的女律师
开着一辆红色甲壳虫,价值三十多万

"我和媳妇加起来一个月四千多
我很知足了。"他说。而你在盘算着
他们还要苦拼多少个年头才能买上
一所房子，加上一辆汽车？或许
这就是人生。是的，这就是人生
我们品尝生活美味的甜点，但必须
为它"埋单"：问题只是在于你的口袋里
是否有足够的存款。又是堵车
一排排汽车停在这里，就像是一道道
钢铁的房子。仿佛时间停滞了，或重新回到
爬虫时代。这足以使你焦虑，感到
总是游移在生活之外，或许是被生活
所抛弃。必须迎头赶上——达尔文的
进化论被赋予了最新的时代含义
在长久的等待之后，希望又重新来临
"看后视镜，并线。"在后视镜中
你看到街道、树木和车辆在向后退去
一切都在变形。"要习惯看后视镜"
你知道，向后看是为了更好地向前
现在车流驶上了文昌桥，道路开阔了
然后是机场路，两侧排满汽车销售中心，再往前
是二手车市场，垃圾处理站，你不知道这条路
最终会通向哪里。你愤怒地踩下了油门
发动机发出低吼，车速加快，你超过一些车辆
也仍然被更多的车辆超过，加速，加速
把一切抛在后面。但在这种飞速行驶中

我们能抓住些什么？一切都在变化
一切都将消失。也许，我们的人生
真的就是一场失败。然而这就是人生，你告诉自己
这就是人生。哦，是的，这就是人生

2009.8.22

地铁站

这或许不是你的错，当然也不是我的
我们只是错过了那班车，它带着一串明亮的灯光
呼啸而过。"但愿这不是最后一班地铁"
我们等待着，但天开始下雨，然后是雪
一个个白昼和夜晚交替，行人们来来去去——
你怀念起故乡的苹果树，你离开时
它们正开花，现在也许结出了累累的果实
而我的那只年幼的猎犬，可能老得认不出
它迟归的主人。我们走过的小路长满荒草
和矢车菊，再看不到我们的足迹。墙上的
壁画剥落了，你浓密的黑发（我的手指
曾经在上面梳过）现在变得雪白
而我的手指也弯曲，再也无法伸直
或抓住希望得到的一切。一个孩子好奇地
弯下腰，看着我们，仿佛两个无家可归的鬼魂
我们在这里滞留了很久，也许一个世纪了——
我们变得陌生，再也认不出对方
然后转过身，向着不同方向走去。

2009.8.29

有一本书的风景

雪落在今天的日历上。这或许意味着
生活中某种变化的出现。
雪落在天花板，桌布，或客厅的
地毯上。窗前她读一本书。

第二天天气晴朗。她花了
好几个小时打扮，然后查看
外面的风景。当她翻开那本
读过的书，却找不到

上次读过的地方。它消失了
就像是昨天。而明天同样不可靠。
她这样想，靠在躺椅上
开始小声地哭泣。

2009.12.24

第二辑

世界的终结

当世界终结时,将会是一幅怎样的图景?
飓风,陨石,地震,海啸,或是核战
人们奔逃着,或是祈祷,死于风、水、火、土
坠入地狱张开的口。天使们在空中穿梭
接引或排斥着一些灵魂。他们的翅膀
被烧焦,或沾满灰尘。魔鬼们在地狱里
发出狂笑。然而在我的想象中
将是另一番不同的景象:人们漠然地
打着招呼,喝完最后一杯冷饮
排起长长的队伍,沿着林荫路走进
黑暗的正午。一切和平时没什么两样:
天气很好,大丽花凄美地开着,燕子
在空中掠过,像黑色的闪电。

2010.2.9

2010 年元日

房门打开了，光
涌了进来，连同一些新鲜的事物
譬如春天，譬如我们每天的粮食。
但这些似乎已并不新鲜。
窗台上的那盆兰花开了，两朵。
实际上，一朵绽开，另一朵
含苞待放。过去的几年，它只是
每年开上一朵。曾经相信进化论
现在我们开始谈论全球变暖，却遭遇了
历史上最寒冷的冬天。
刚刚在电影院里看过《2012》
精彩的特技演绎老套的浪漫故事。
洪水或地震，以及爱情。毫不新鲜
我频繁地做梦，梦见狮子
和非洲的海岸，而屋外的积雪
仍然黯淡而闪亮，尽管
风已带有些许的暖意——
季节轮转着，时间的脚步加快
我们还没有成熟就已经步入
老年。我们的人生中有很多门

其实只是两扇。我们洞悉其中的奥秘
却无法改变。属于我们的
只是一座空荡荡的房子,我们的记忆
堆积在阁楼上,像一堆
过时的家具,或童年的玩具
熟悉而陌生,但已失去了兴趣。

2010.2.14

和僵尸作战（一）

这些天来，我在和僵尸作战。
他们成群地闯进我的花园，吃掉
我辛勤种下的农作物。他们甚至留下便笺
礼貌地说要来参加我的派对，"要用
你的脑子拌冰淇淋吃"。这并不好玩
我必须阻止他们进入我的房子
保卫我的生命和我的果实。
我用身边的东西做武器：玉米，卷心菜，
豌豆，窝瓜，蘑菇，还有辣椒。僵尸们讨厌
大蒜的气味，金盏花可以赚钱，还要种上向日葵，
制造足够的阳光，以便让植物生长。
他们源源不断，我是说僵尸，僵硬而缓慢，
在大白天，或趁着夜色和浓雾——
我不知道这些害虫从哪里来，真让人厌倦。
他们也和人类一样，形形色色，与时俱进：
戴着帽子、铁桶，拿着梯子，撑着
长长的竹竿，或是跳着迈克尔·杰克逊的太空步。
伴舞僵尸，像猫王。蹦极僵尸，会从空中
突然落下，然后又腾地飞了上去。有的
骑着跳跳，有的开着雪橇车和投石车。

有的在池塘驾着海豚，有的穿潜水服
也有橄榄球选手，高大而健壮。自然少不了
知识分子，秃顶，阴暗，拿着一张报纸，边走
边在思考。当手中的报纸被打掉
他会像是突然想起什么，匆匆地
赶路。当然，最难对付的是巨人伽刚特尔
和僵王博士乔治·埃德加。女儿给每个僵尸起了名字：
戴帽子的叫帽哥，戴铁桶的叫桶哥
拿梯子的叫梯哥，学迈克尔的叫迈哥
骑跳跳的叫蹦哥，以此类推，听上去很好。
说到底，他们和我们没有什么不同，区别在于
我们热爱生活，而他们破坏。
这不只是个游戏，是的，这是人生
你必须有足够的爱心、责任和勇气。
如果你能战胜他们，他们就足够可爱，
成为我们的猎物，或发泄的对象。
他们带给你多大的恐怖，就会同样
带给你多大的愉悦和满足——
现在新的一波攻击已被击退，我直起身来
在习习的微风中，花园的植物茂盛
哦，生活是多么美好。然而我必须保持
足够的警醒，准备迎接新的攻击。

2010.2.23

没有风流的世纪

凌晨三点钟醒来
去了趟厕所
睡不着,拿起那本《欧洲风化史》来翻
已经借了两个多月
却一直放在那里
但这次似乎读下去了
理性时代,却崇尚女人苍白的皮肤
圆润如苹果的乳房
以及低胸的服饰
"丰富多彩是享乐的
最高法则。"当时流行的观点
书中引用龚古尔兄弟的话:
"这个时代的女人
整个儿的是一团情欲"
女人们,或者说那些情欲
在卧房或浴缸里面
接待客人,用赤裸的身体
撩拨着男人好色的眼睛
或心灵。而"女性成了奢侈品"
据说是"妇女解放的第一个结果"。

那个时代并不更好
似乎也并不久远。当然这只是
从历史的角度来看问题——
事实上他们早就死了
被葬在墓地中间（私人
或公共的），有的变成了
吸血鬼或幽灵，在夜晚出没
而我们死后则当即化为骨灰——
我们同样渴望着女人和性
却失去了风流和优雅——
当然那也许只是一件漂亮的外套
说到底，一切并没有什么不同
正如窗外的那轮月亮
苍白而赤裸，仍旧像女人的裸体
而唯一的改变就是
过去我们认为上面有人
而地上的人不能上去那里
现在地上的人上去了
却发现上面根本没人

2010.3.3

和僵尸作战（二）

是的，这也许不只是个游戏
这是生活。如同我们每天的劳作
当太阳升起，我们起床，清理房间
或是在花园里锄草，捉着害虫
光线明亮，房子和植物在微风中摆动
那是很早以前的事了。但总会有些什么
同我们作对，时刻提醒我们
生命中充满着恐惧。而危险
有时也很刺激。当然危机蕴含着转机
我同样可以说，这不只是生活，也当然
是个游戏。三十年来，我一直在做
这件事。它们不断地涌来，侵扰着我
和我的生活。我是说那些僵尸，它们毁坏绿色
试图进入我的房子，吃掉我的脑子，让我
变成它们的同类。死有时并不可怕
更可怕的是没有思想地活着，像它们那样——
它们无处不在：迈着僵硬的步子
侵入我们日常的行为，和谈话，侵入
我们写下的每一行诗，控制着
我们的思想。现在我要做的，就是

必须要踢爆它们的脑壳，捍卫生活
和我们的尊严。让它们滚蛋，或是下地狱——
我很快乐。我知道，当它们都去了
它们该去的地方，这里就会成为天堂。

2010.3.4

德罗戈贝奇,波兰,1942年11月9日

当站在小镇飘着落叶的街道
纳粹军官手枪的子弹
即将射出并非出于仇恨的死亡,他在想些什么?
怎样的思想最后形成在
那迷宫般的大脑?
德罗戈贝奇,波兰的一个小镇
注定因布鲁诺·舒尔茨而知名,
而古德尔,那位开枪的德国军官
会被统称为纳粹或撒旦——

而在这一切的上方
上帝平静地看着
他成功导演出这一幕
只是为了让我们知道善与恶的分野
或一切只是出于偶然?
人类将其命名为命运或历史——
有翅膀和光环的天使们唱着
和撒那。一场雨在黄昏无声地落下
冲刷着血迹,落叶,和鹅卵石的街道

小镇的窗子紧闭,街灯很快会点亮
但不再有恋人们的身影。

2010. 3. 12

无 题

雨下了一整个上午。
五月。天气仍然很冷。
通过春天的大门紧闭着。

我们小心地避开某些话题。
窗玻璃上的雾气
使外面的景物变得模糊。

但去年的叶子仍然在树上,枯干,变脆,
带有霜的痕迹。花朵在土地下沉睡。
空地上几只麻雀在觅食。

谁的手操纵着这一切?
我们需要的只是一点点温暖。
你是礼物而不是玩具。

2010.3.24

雨

雨敲打着车窗和顶篷,提醒着我
这是一个糟糕的星期五——
停车场空空荡荡,雨刷不时地扫出
扇形的天空。CD中播放着
一首巴赫的钢琴曲,应和着
车窗外的雨声。我在出汗
胃间歇式地疼痛,就像这该死的天气
道路上满是雨水和融雪的泥浆
树木在校园里寂寞地欣赏着
自己在水洼中的倒影。
——这里是否会变成
另外一个马孔多?我的车子
是否坚固,成为新世纪的诺亚方舟?——
我在等我的研究生,和她们讨论
她们的论文:弗罗斯特的
人格面具,以及贝克特是否
会对这个世界感到绝望。
我不知道,我们是否真的了解
我们说出的一切,而我们说出的
又是否像这场雨一样真实?

我想补充些什么,但最终放弃了
随后去了附近的那家书店
想找一本有趣的书来安慰自己
但最终空手而归。

2010.4.1,6.15

理 由

我对这个世界感到绝望而且
找不出任何理由让我放弃
我的想法。事实上这只是
一种状态或感觉,而我真的
不想这样。我总是在说服自己
这个世界有些东西是美好的,譬如
我正在写这首诗。我在为你
写着这首诗。但在这首诗中
我仍会感到绝望,我仍然在为
找不到有任何理由让我放弃
我的绝望而绝望。我同样为
我的绝望是否真实而绝望
我渴望着交谈,渴望下雪
或写下我的诗句,但最终仍会
为对这个世界绝望而绝望。

2010. 7. 10

七月的鸟声

就在我书房窗子的对面,每到七月
都有一只鸟在整天嘎嘎叫着
一个不称职的歌手,然而热心
我不知道这是一只什么鸟,有人说是
喜鹊,但喜鹊真的会叫得这样难听?
而我仍然喜欢,至少它使这个夏天
显得不那么寂寞。对面院落里的野草
荒凉地向着天空生长,它的巢穴一定是在
其中的某棵树上。废弃的仓库,或厂房——
主厂区关闭了,两座巨大的楼房
正在拔地而起,伴着搅拌机的轰响——
它们待在这里的日子注定不会太久,我是说
那些鸟儿,很快这里将被人类重新占有——
人类的贪婪不可战胜,也许它沙哑的声音
所要表达的正是这个意思。哪里将是
它们最后的栖身之所?我感到疑惑
它们的家园一天天在缩小,同样的是
我们的心灵。但它仍在唱着,一首
不成调的歌曲,或许是挽歌。而在黄昏
几颗星仍会寂寞地升上天空,黯淡

那是唯一古老的事物,带着我们
童年的记忆,或对真理全部的预期。

维多利亚公园

房间只是临时的栖身之所。
或飞行途中的一棵树。你厌倦了
记录白天的风景。在夜晚
道路只是被在瞬间照亮。
当车灯的光束探询地转向
树丛深处,只是更多的黑暗。

砌石的小路转向网球场、长椅
和有着睡莲的池塘。月亮仍是夜的致命伤口
但对于我们,它早已不再浪漫
或成为爱的借口。路灯更为柔顺
但理所当然成为一种消费。
消费是我们每天的必需品。

没有更高的预期,一切只是出自偶然。
你的名字显然已不属于这个时代。
沉闷而保守,但恰好构成了
对这个世界的嘲讽,或同样
被这个世界嘲讽。相同的命名是
那个港湾,但海仍然是海

拥挤着游艇,看上去像一个坟场。
海风强劲地吹,仍然带有
鱼腥和殖民地的气味。我只是过客
匆匆地来去,只是在它的长椅上
小憩。毕竟它的存在,不能带给我
一个舒适的梦,哦,是的,梦。

对于很多人,未来只是一个词。
城市被海水簇拥,撼动。
它将持续繁荣,继续扮演着
自己的角色。伊丽莎或赫本,曾经纯朴的
卖花女,直到认同了自身的美
十分钟年华老去,或许这是

另一部电影的名字。十分钟,或十年。
如今她已沦落,更像让·日奈笔下的
克莱尔,却仍然忠实于自己的幻象。
它的空间过于逼仄了,容不得一个转身。
但我仍然喜爱她,尽管老迈,沧桑
衣襟上染满风尘,却仍不恣意。

2010.7.19

在花莲

海,或被称为大洋。
在我看来没有什么不同。
它牵引我们的视线,向着
远处铺展。更远处仍然是海。

它不必因我的注视而存在。
却因我的注视被赋予了意义。
而它的涨落,有着自己的时间表
不会因你的心情而变化。

但我的心情确实因它而改变。
透明而轻盈,蓝得就像它自己
或天空。天空是一面镜子。浪
簇拥着雪,涌向海岸线——

它在模拟着曲线运动,升起
又落下。从它的存在之日
就一直这样。仿佛回到了世界之初
虚空中有一道门。而此刻

我们在这里。沉思,沿海滩散步
拣着美丽的石子,或坐在院落的
木桌旁闲谈。草地上的
红玫瑰,装点着人工的景致——

必要而亲切,如同我们的
诗歌,如同我们居住的房屋。
从台北到宜兰,然后
是这里。这里不是最后的行程。

诗歌会带给我们些什么?
不眠的夜晚,莫名的焦虑,更多是
绝望,直到我们的双眼变得明澈
在虚无中看到另一片海——

我们在诚品书店,在台湾政大
在台北大学和东海大学演讲——
但更加喜爱这里:在谈话的
间隙,听得见海的声音。

2010.7.24

有关陶渊明

我们真的羡慕陶渊明吗？我们究竟会
羡慕他些什么？人们总是向往那些
无法实现的事情。但事实上，有时它们
很容易做到，只要你真的想做，或真的去做
但问题是，我们究竟会羡慕他些什么？
一个酒鬼，一个近似的乞丐，一个不识时务
辞掉官职回到老家种地的人。这事情并不难
远远易于办一张去美国的签证，美国
或是他妈的老欧洲——但除了他却很少有人
这样做过，一千多年一直是这样，我是说
真正地回到老家种地。因此也许我们
还要给他加上一个傻瓜的名号——
他会天真到种秫去酿酒，而不是直接
从经销商那里去获取。他锄地，在傍晚
扛着锄头回家，露水打湿了他的裤脚
那滋味并不好受。我曾经短期干过一些农活
耕地，锄草，收割麦子，我在里面找不到
任何诗意（只是充满了倦意）。所幸的是还有
月亮陪着他回家，像一只狗。但那不是李白的月亮
也不是苏东坡和姜夔的月亮。他只是不经意地看到——

鸟儿们归巢,虫子们在草丛鸣叫,求偶。那月亮占据了天空,有时比人脸还要大。

2010. 8. 2

读《布鲁姆斯伯里文化圈人物群像》

彼此炫耀着新奇的知识和观点
（二手，来自网络，或微博），买到或读到的新书
——我也是这样，直到空气变得浑浊。烟缸里
满是燃尽的烟头（时间的尸体），窗外树的叶子
开始发黄，尽管远远看去仍然是绿色
阳光凶猛而倾泻。我的内心充满了倦意。

2010. 8. 19

城市的梦

从梦中醒来。凌晨四点钟。枕着黑暗
仍能听到远处车辆驶过的隆隆声
持续着,像一条溅着火花长长的皮带
带动城市巨大的机器飞转。
而它的另一半似乎仍在黑夜中沉睡——
如同我的身体。它会梦见些什么?
遥远的地平线,有着喷泉和雕像的广场?
粗大的树,乌鸦盘旋,在初夏傍晚稀疏的光线中
孩子们在空地上嬉戏,恋人们挽着手散步?
哦,那些古老的事物,消逝或正在消逝
不时地出现在我的梦中……
但愿有更多的东西值得期待
但可惜没有更多时间——
很快它将醒来,重新进入忙碌的一天。
此刻我躺在黑暗中,一半醒着
另一半在沉睡,如同城市。我的意识
在快速地转动,像在宁静中发光的脸。

我无话可说

我越来越感到无话可说。
也许有太多话要说，只是不知道该说些什么。
或者不知道该如何去说。
当然，也许真的没有什么可说，我是说
除了那些无聊的废话，而后者
我们已经说得太多。无话可说
那就接着聊聊天气吧，或是
在大街上走来走去，看看行人和两旁的
橱窗。又是换季大减价。十月的太阳
懒懒地照着，树叶开始飘落。那些模特们
穿着衣服走到外面，享受着一年中
最后温暖的阳光。它们拖着淡淡的影子
像死亡。它们同样无话可说。

2010.10.8

海伦或命运的诡计

她的美丽无法抗拒。
但这仍然不是一切灾难的起因。
当一千艘战船的风帆在特洛伊海岸展开
阿伽门农的内心充满着喜悦,而不是愤怒——
命运之门将从此为他打开。
而厄里斯同样在阴暗的洞穴里发出窃笑
她的报复从天神扩展到了人间。
尤利西斯成功地诱骗了阿基里斯
正如维纳斯当初对年轻的帕里斯所为。
有谁知道,她只是命运的一个玩偶
还是为了让命运堕入她的圈套,而装扮成天真?
只有她的美是真实的,此刻
她雪白的脚踝从三叶草上掠过
天空蓝得像海,而海渴望地扑向天空
在高大的城墙下面,几匹马在吃草
低着头,像是在深思历史。

2010.10.14　晨

日子或几张旧照片

日子蜗牛般缓缓爬过。然后
消失在某个没有人知道的地方
此刻他对着几张老照片发怔
抬起头，那场雨似乎仍然在下

但窗外的景色已变得陌生
树脱掉身上的叶子，另一些砍了
一些人离去，新的面孔出现
巨大的楼房正在噩梦一样升起

从照片里走出的只是他的影子
模拟着他，努力适应着时间、变化和衰老
而他自己被压缩在那册旧影集中
尘封在抽屉或阁楼，但并不忧伤

2010.11.26

螃　蟹

专家模样的人示范着如何挑选螃蟹
个头不光要大,还得丰满。他优雅地拈起一只
向我们展示它金黄色的脚爪,"黄金脚"
看它们翻跟斗,证明它们的体力是否充沛
而那些螃蟹,在白色的桌布上吐着泡泡
矜持或胆怯,像一些参加选秀的小妞
嚼着口香糖,任随评委们摆布和评说——
但愿它们懂得正在享有的荣耀,此刻
成了明星,面对无数看不见的观众
它们浑圆,呈铁青色,两只螯向前弯曲
护住它们的细小的眼,样子就像是
蜘蛛的放大版。要不是因为美味,没有人会注意到它们
而现在锅里的水很快就要煮沸,一百摄氏度
它们将在沸水中挣扎,直到通身变成红色
哦,精美的菜肴。它们会被装盘,端上餐桌
配上姜,醋。黄酒温好了,可有人吟诗?
我们愉悦地享用着它们的生命。肉小心剔出,壳扔掉
成为垃圾。而它们幸运的同类,仍然
在水边或岸上觅食,繁衍,全然不知
这里发生了什么,或将会发生什么。月亮

升起,照亮平静的海面,夜色温柔。它们的巨钳
只是用来对付天敌,却对人类无能为力
伟大的人类!他们用诡计哄骗了独眼巨人
他只是挑选肥壮的水手,把他们撕开
却从不考虑用火。人类则不同,享有
普罗米修斯盗来的福利,他却为此
付出足够沉重的代价。我们熟练地用火
煮着食物,包括可爱的动物,烧死同类——他们
当然可恨,被叫作女巫、叛逆,或异教徒——点燃
邻居的房屋,直到世界变成一片火海
但它们有爱吗?我是说那些螃蟹,它们会疼吗?
唯一确定的是,它们不会用火,也不会懂得
柏拉图和维特根斯坦。它们只是
为人类而生,同样也将为人类而死
它们微不足道的生命,衬映出人类的辉煌

2010.11.26

永 恒

永恒是一个值得怀疑的字眼
我们称之为永恒的事物
其实并不比人类的历史更早
也注定不会比人类的历史更久
金字塔,荷马史诗,以及
我们日渐荒疏了的晚祷
——一些更美好的已经消失——
而我更喜欢转瞬即逝的一切
譬如,冬日窗子上的霜花
飞鸟掠过的影子,眼波的流盼
一段突如其来的爱情
像大提琴低音区的震颤
那些冠以永恒之名短暂的存在
还有我们同样短暂的生命

2011.5.31

失眠的夜晚

我被月光吵醒。
它从窗子照进来，明亮。
但我看不到那轮月亮。
我起身去厕所，喝水
翻着陌生人寄来的诗集
或想一点心事。
记忆围裹着我，像月光，或毛毯。
渐渐的我的身体变得透明。
我想此刻给我安上一副翅膀
我就会飞向天空并在那里融化。
现在我能看见月亮了——
它就停泊在我的窗口
但天空却变得一片漆黑
使它看上去像个巨大的舱口。

2011. 10. 10　晨

丢失的月亮

在通勤车上,我看见微红的月亮
升起在城市的上空。车上的人
看书,打瞌睡,没有人注意到它
像一只气球——被孩子丢失——
孤零零地飘在那里。他们在童年时
就失去了它,然后把它彻底忘掉。

2011.10.19

无 题

母亲在 1982 年死去。
十五年后姥姥也告别了人世。
她们真的离开很久了,
但仍会不时出现在我的梦里,
似乎以另一种方式抗拒着死亡。
昨天我又一次看到她们:
母亲住进医院,姥姥独自守在
一所光线清冷的空房子里,脸上写满了忧伤。
她向我诉说着什么,但更多是沉默。
她没有见上母亲最后一面
却经常梦见母亲,醒来泪水打湿了枕头。
现在她们是否在一起?在我的梦里
和活着时一样,她们仍然保留着
对彼此的爱,被压制的激情
和对这个世界巨大的愤怒。

2011. 11. 27

月亮的葬礼

我们有足够的理由为此悔恨。
但我们并不。我们只是会偶尔
发出几声抱怨。事实上
你无法在风景和季节间做出选择。
庭院中的丁香谢了。屋子里的光线
突然暗了下来。也许是在下雨。
对面的楼房,看上去像低垂的云,或一艘巨大的飞碟。
当然也许是我们戴着墨镜。我们的目光掠过
湿淋淋的树,它们同样保持着静默的姿态
似乎在参加一个重要的葬礼。
我们总是为突然出现的变化吃惊,或欣喜。
现在谋杀者回到了家中,拿起一份当天的报纸
读着,陷入了沉思。老朋友的名字出现在上面
他为世界的堕落而伤感。
很多事物消逝了。狼人,吸血鬼,空气中的精灵,
那个世界曾经危险,但美好。
我们只是从传说和老照片中看到这一切。
他们崇拜月亮。而我们杀死了它。
我们杀死了它。一次又一次。也杀死了我们生命的一部分。
它不再发光。它被埋在冰冷的地下

天上的那个只是它的替代品。
我们的生活充满着谎言和背叛。
我们的厨房里堆满廉价的婴儿食品
纸箱,和空酒瓶。明星的海报在墙上
发出腻人的笑。是的,我们同样杀死自己。杀死了
生命的一部分。当走在午夜空荡荡的街上
我感到我们只是些幽灵,短暂地
从另一个世界中返回。

"当抬起头看到外面在下雪"

当抬起头看到外面在下雪
他略略感到些许的惊奇。
他一直专注着手中的工作
读书,或写一首诗,把陌生的感觉
转换成他所熟悉的文字——
在他做着这些事情的时候
他没有留意时间的流逝
和由此而来世界的变化。
现在一切都似乎全然不同了
屋子里变得清冷
外面的光线也开始喑哑而沉重
他不知道这是因为在下雪
还是因为一天的行将结束。

2011.12.23

主人对我们做了些什么

在一个梦里,我变成了水手。
我们和风浪搏斗,像神明一样崇拜着我们的主人。
他许诺带我们进入一个美好的世界。
但在树木葱茏的艾尤岛,美丽的喀耳刻
用她的魔法把我们变成了猪
他也投身在女巫的怀抱,放弃了我们
他们手挽着手,在花园的小径散步
在草地上做爱。而有时看着我们:
"这就是我对你们说起的美好世界。
的确,生活真的是十分美好。"
随即他的目光变得黯淡,举起手中的杯子:
"当然,它也会变得有点残酷。"
然后撒给我们一把发霉的橡籽。

2012. 9. 12

卡桑德拉

她见证过两次历史的改变。
一次是一座伟大城市的陷落
另一次是一位伟大的君主被杀。
这些完全可以避免,只要人们
听信她的话。但一切早已被命运注定
我是说特洛伊和阿伽门农的覆亡
以及她的话永远不为别人相信——
她注定只是一个见证人,和挽歌的作者
而无法阻止历史滚动的巨石。

2012. 9. 24

致一位远方的朋友

在电视里我看见波士顿同样在下雪
这让我感到惊奇。确切说,是一部网络播放的美剧
《危机边缘》。对,就是这个名字,另一个
译名叫作《迷离档案》。我不知道哪一个更好
雪积满了道路、树林和院落,在寒冷中闪亮
和这里没有什么不同。的确,雪到处都是一样
我喜欢雪,也喜欢那座雪中的城市
2001年我曾去过那里。但那是夏天
没有雪。我在傍晚走过寂静的街道,一家家酒吧
温暖的灯光从黑暗的树丛间透出。客人们
安静地坐着,侍者们幽灵般从他们身边穿过
多么宁静的夜晚。我渴望在这里能有那样的一条街
供我们散步,聊天,或静静地思考
当暮色降临,街灯温柔地
照亮我们花白的头发。但我们曾经年轻
并肩走在校园的夕光里。"如果我回来
我也要变成一头狮子"。你背诵着罗特克的诗
三十年过去,我们老了。你不曾回来。很多熟悉的事物消失
很多熟悉的人死去。我想象着现在的你
穿过积雪校园的样子。我们的生命中

经历了太多的事情，似乎整个世界的重量
压在我们的身上。是的，我们也正处于
危机的边缘。生命在时间中流逝，无可挽回
对此我们真的无能为力。还能做些什么？
徒然地抓住记忆，让它承载着更多的美好？
或是面对死亡发出愤怒的咆哮？
此刻我对着窗外初冬的天空，在我的凝视中
它显得更加灰暗。枯黄的叶子在风中飘落，扫过街道
发出的声音就像是叹息。我知道，很快
将会有一场雪落下，但仍然会有阳光
即使在最为寒冷的日子，给这个世界带来慰藉

2012.10.14

诗 人

写一首诗有时
就像练习着飞翔。
你要使骨骼变得轻盈
然后给自己插上
一副蜡制的翅膀。
让你的灵魂透明,与天空融为一体,
目光坚定地注视着远方。
下面是大海,浪花激溅着
那永恒的死亡。
你要忘记自己的存在
你是空气,是风,是蔚蓝色的虚无
你随着气流上升或下降
但切记不要过近地接近太阳。

2012. 10. 20

假如一切重新开始

日子重复着,来了又去……
就像公园里转动着的旋转木马
自从我第一次坐上

已经过去了半个世纪。
它仍在轧轧转动,而我仍在乘坐,
旋转,直到周围的景物

变得黯淡。现在是冬天
灌木丛上落满灰色的雪
看上去令人厌倦

的确,这一切令人厌倦。但假如
让它做一次反向的运动
我是说木马,不是昨天今天明天

而是相反,生活是否会变得更好?
我们将会拥有曾经拥有的
逝去的一切会重新出现,我们吹着口哨

约会心爱的女孩。废墟变成楼房
花变成蓓蕾,鸟变成浑圆的蛋。而妈妈
带着幼小的阿道夫,去郊外写生……

2012. 11

关于下雪

有人说我的诗里总是没完没了的下雪
我想这是对的　虽然在我的诗里
同样也在下雨　下雨刮风或是
有太阳升起　在另一些诗中我还写到
月亮和迷茫的树影　因为我同样（或更加）
喜欢夜晚和属于夜晚的一切　比如
巫师狼人猫头鹰和吸血鬼　但这些
我从来没有见过　我在北方的某个小城出生
并长大　我渴望更加广阔的世界和
更加新奇的事物但我从来没有见过　我想
这该不是我的错　雪是我的老熟人我把它们
洒在天空和我的诗里但不必
为农业歉收和交通事故负责
也不会把它们塞进你的脖领据说
那才是读一首诗的真实感觉（按狄金森所说）
我的双手冻僵双脚变得冰冷事实上
在漫天飞舞的大雪中走着并不总是
很有诗意　事实上　我早就厌倦了下雪并且
诅咒着该死的冬天但雪仍然在下并且
仍然在没完没了地下　这不是我的错

我想这也不是你的错或他的错
或他们的错　同样不是上帝的错虽然
他创造了冬天和雪也同样创造出其他事物
比如大脚怪艾滋病逻辑和侦探小说
还有爱和爱叮人的蚊子
让人们好奇并据此发发牢骚　感谢上帝
现在我们总算有了别的事情可做
比如说兴奋或痛苦地呻吟　拿着放大镜
察看雪地上的脚印　批评或是在我的诗里
没完没了地下雪　相比之下我更喜欢后者
我把它们洒在天空和我的诗里
然后把帽子高高抛起　然后我在漫天飞舞的
大雪中走着（半个多世纪了）一点也不诗意

2013. 3. 15

雪后在夜晚的街道

三月下过雪的夜晚我在大街上走着,一个人
道路上积满了雪,雪在街灯下闪着清冷的光
像吸血鬼尖利的牙齿,我只是在电影里面见过——
譬如《夜访吸血鬼》《暮光之城》或《黑暗传说》
和他们一样,我也喜欢夜晚和孤独
或葛丽泰·嘉宝发出的抗议(或祈求):让我一个人
刚刚看过美剧《远古入侵》,当阴影
在树丛和楼群间噩梦般生长,想象着来自远古的动物
随时会扑过来扼住你的喉咙。商场早已关门
酒吧的窗子透出稀疏的人影,他们坐着,静止
仿佛一尊尊蜡像。事实上,他们就是蜡像
看上去像是在思考着人类的未来但其实并不
尤奈斯库的犀牛被关进动物园,供游人参观
昨天的报纸在垃圾箱旁打开,朝鲜半岛局势
美韩的联合军演。而风在读着上面的广告
美女和她身旁的一只豹子。黑暗从各个方向袭来
我找不到回家的路。身后传来一阵阵凄厉的笑声
也许只是出自我的内心,或一只迷途的枭鸟
无意中闯入市区。现在月光透过云层射了出来

空气变得更加冷冽。我看见远处闪过的人影变成一具具僵尸，他们漫无目的地走着，看上去并不危险

2013. 3. 22

皮娜·鲍什

皮娜·鲍什在跳舞。
皮娜·鲍什在春天危险的空气中跳舞。
在空气中在公共汽车站在地铁的车厢中跳舞。
在城市的街道在人流和橱窗中跳舞。
在咖啡馆摆满椅子的空间中跳舞。
在舞台在广场在傍晚变幻的光线中跳舞。
皮娜·鲍什在跳舞。
皮娜·鲍什在天空中跳舞。
皮娜·鲍什在一只桔子中跳舞。
在桔子中在燃烧的爱情中跳舞。
在死亡的仪式和目光的凝视中跳舞。
在恐惧和绝望中跳舞。
在男人和女人中,在男孩和女孩中跳舞。
在柏林伦敦巴黎墨尔本和里约热内卢跳舞。
皮娜·鲍什在跳舞。她的舞伴和她一起跳着。
全世界和她一起跳着。
活着的人和死去的人一起跳着。
皮娜·鲍什在跳舞。

2013.8.4

朋　友

昨夜梦见一位很久不见的朋友
他结婚了。妻子是一个高高壮壮的女人
样子并不出众，但看上去还算体贴
一些年前他离家出走，留下若干传闻
但的确改变了生活的轨迹，尽管仍不如意
我们曾经渴望尤利西斯式的历险，心中
依然残存着青春期的某种梦想和躁动
现在终于安定下来了，我为他感到高兴
然后平静地谈起一些往事，和年轻时候
共同的朋友。我们分别得太久了，我差不多
忘了他。"生命的本质是遗忘，"他说，"我们
正努力做到这一点。"他的妻子在一旁安静地听着
有时也会插上几句，似乎对这些很有兴趣
苍白寒冷的冬天迫近，朋友们离得越来越远了
各自在应付着自己的事情。我敢肯定
这并不是当年我们所追求的。随后
我从梦中醒来，想到他早已不在人世

2014. 3. 13

从沈阳回到哈尔滨

离开大半年后回到家里。
熟悉的记忆变得陌生,落满了灰尘。
客厅的大叶青和透叶莲叶子干枯。
家具沉默着,仿佛时间静止。
我们开始清扫,打开窗子
对面的高楼正噩梦般地逼近。
风景被遮蔽,或早不存在。
搅拌机轰响着,它将持续一整个夏天
侵袭着天空和我们的心灵。
仅有的几棵杨树叶子泛黄,风中沙沙抖动,
天知道它们还会支撑多久。
树上的鸟声消失了,它去了哪里?
那个蹩脚的歌手,我曾经讨厌它——
它失去家园,我也只是过客。

2014.6.3

思　想

　　　　　降落伞　　在天空　　缓缓地
　　　　　张开　像水母　漂浮　　在
　　　　　半透明的　　海水中　　人们
　　　　　惊异于　　这美丽的　　景象
　　　　　在诺曼底　　密支那　　以及
　　　　　那些　　充满危险的　　地方

关于杜甫

昨天参观了你出生的窑室
站街镇,巩义县城以东十里
今天又去寻你的墓地,偌大的
一个土堆,几块石碑,有人说
方形的那块是唐代的,字迹模糊了
但我没能近前去察看——
我的行程略有些紧:从你的降生
到死亡,只隔了短短的一天
(似乎在提醒着我们生命的短促
却忽略了你一生的精彩)
已经是四月了,周遭的花木
开得正忙:桃花,紫藤,荼蘼
争相露着笑脸。风仍然凉,对于这些
显然你并不在意。我也是一样
我正在飞机上,九百公里的时速
回到自己熟悉的生活,凡庸,令人厌倦
或并不那么厌倦。当舷窗外面
连绵的云铺开,就像下面荒凉的土地
就像时间,和时间后面的虚无

无 题

我们的一生就像
一出舞台剧,冗长
或不那么冗长
由一幕幕不同的场景
拼凑而成。一些人
过早下场了,死于阴谋
或爱情,他杀,自杀,或活着
但被排斥在剧情之外
成为第二等级的观众
他们在后台,清楚
剧情下一步的发展,以及
每个人最终的命运
(显然与台上的表现无关)
他们抽烟,喝水,小声地交谈
耐心地等着最后的幕布落下
而另一些人,终于在台上
坚持到了最后,却未必能够
成为胜利者。于是
他们所有人,手拉着手
向着台下鞠躬,掌声

稀疏地响起，再次鞠躬
然后消失在舞台深处

2015.4.7

秘　密

也许这是真的，那些外星人
一次次造访我们的星球
带给我们某种智慧，或技能
就像送给孩子们的糖果。我们
——实验室里的小白鼠——对于他们
一无所知。我们一天天长大，竟然
以为所有的知识，都是出自我们自己
而那些外星人，在长久的岁月中
变得疲惫而厌倦。他们的飞碟
老化，报废，成了一堆破旧的钢铁
他们留在了地球，渐渐忘记了
使命和身份，终于和我们一样
喝酒，吹牛，追着女人，但有时
从梦中醒来，他们会望着天上的星星
若有所思，却感到茫然

2015.4.9

这是个糟糕的夏天

这是个糟糕的夏天
我的一颗智齿出了毛病
左眼也开始变得模糊
有人说我老了是的的确我是在变老
但我的心却仍然年轻
它仍然年轻充满了渴望
这让我感到沮丧
这是个糟糕的夏天
我听着鲍勃·迪伦和帕蒂·史密斯
《大雨将至》或《有关一个男孩》[①]
他们的声音仿佛从另一个世界传来
又像是就在隔壁
It's a hard rain's a-gonna fall
& Beyond it all
但没有下雨,没有雨
雷明顿 MII 猎枪斜倚在墙角
枪管上落满灰尘
这是个糟糕的夏天

[①] 帕蒂·史密斯为纪念歌手科特·柯本所作,后者用雷明顿 MII 猎枪自杀。

但没有雨，没有下雨
金丝雀死去了，或不再歌唱
院子里开着紫菀和薰衣草
在夜晚看上去是灰色的
像黯淡的星星。月亮暗红色升起
这会预示着什么？
这是个糟糕的夏天
挖掘机日夜不停地工作
牙医钻头尖厉的叫声
探查着蛀洞和异端的思想
日子重复，像例行的祈祷
或是来自地狱的诅咒
这是个糟糕的夏天
世界在悬崖边上危险地滚动
像一块中了魔法的石头
道路满是尘土，尸体般苍白
没有人知道它会通向哪里
天热得要命空气仿佛一根火柴便能点燃
我们像一只只雷管，拼命冷却着自己
渴望着一场雨，带来天空的气息
但这是个糟糕的夏天
已经很久没有下雨了
已经很久没有下雨
这个世界出了毛病
当然也许是我们自己
但没有人在意

这是个糟糕的夏天
一朵云飘过,然后是另一朵
随心所欲地变幻着形状
但没有雨,没有下雨
我并不悲伤,也不会绝望
我只是感到沮丧。这是个糟糕的夏天
我不知道该说些什么
这一切仍然在延续
但没有人在意

2015.7.17

游乐场

> 我们要做的也许是在迷宫中
> 探索新的途径。
>
> ——叶芝

总会有一些风景诱惑着你。
但前面有太多路,你拿不准该选
哪一条。我忘了说,但你应该清楚
每条路都不是直的,它们通向不同的地方

超出了你的料想。更糟的是
你自己也不知道要去哪里
城市膨胀着,向着地平线伸展自己
或是朝天空勃起。一些熟悉的面孔

消失,另一些出现,陌生
或戴着面具。事实上,你甚至来不及
认识你自己。思想的红气球轻佻地飘浮
而镜子也不忠实,只是供人们发笑

但此刻你正快速地向快感攀升
伴随着相等或更大的恐惧,来自
天堂和地狱。攀升,然后更深地跌落
直到发出尖厉的叫声

听上去像是在做爱。你被紧紧捆在
坐椅上,无法拥抱和接吻
他们也一样。360度翻转,或倒置
只是为了短暂摆脱地球的引力

或释放出一个更加危险的信号。
"太刺激了。"或是"我还要,再来一次。"
我们所做的一切服从于快乐原则
天堂和地狱,被欲望所虚构

为了一份签订的契约。另一方面,它们确实存在。
如同海边的那些房子,游泳池,遮阳伞,白色的躺椅。
当风从草地上吹来,带来了六月
玫瑰和迷迭花的香气

这一切让我们陶醉。我们做着连线的游戏
在时间中穿行,并受制于时间
仿佛有一扇门在虚空中为我们打开
或关闭。它们并不在我们之外

并且轮转。像季节，或是旋转木马。
但只是轮转，哪儿也去不了。
我们只是在这里。一个诡计和陷阱。
只是在这里，听着风声在耳边呼啸。

2015. 9. 1—3

无 题

今天晚上我感到忧伤。我在听鲍勃·迪伦的音乐
Blowin'in the wind，他和琼·贝茨一同演唱的那首。
在罗德岛的演唱会上，或琼在乡下的小木屋中。
那是很多很多年以前的事了。那时我还是个孩子
在音乐课上正起劲地唱着反对美帝的革命歌曲
老师用脚踏风琴为我们伴奏。他姓李，右派。我已记不起他
  的名字。
那时妹妹刚刚出生。每天放学我和小伙伴们去城外的水沟捉
  青蛙
或在林子里用弹弓打鸟，但从来都是一无所获。
课堂上讲着黄继光和邱少云的故事，我们要做革命的螺丝钉
没有人知道鲍勃、列侬和猫王。没有人知道金斯伯格和斯
  奈德。
也没有人知道寒山和迪斯尼。那个冬天寒冷。道路上
堆满厚厚的雪。但我们高呼口号，相信未来
会变得美好。我们排着整齐的队伍，手持红缨枪
从检阅台前走过，从我们的童年，从我们的青春岁月中
  走过。
现在我变老了。往事已随风而逝。就像迪伦和贝茨唱的
  那样。

我的过去没有太多值得记住的事情。我的未来——
在浓重的雾霾中,我看不到未来。我感到忧伤。
在今天晚上,我渴望看见月亮。我渴望看见那轮
水果般浑圆明亮然而也是平常的月亮。那是我童年的月亮。
我的童年没有鲍勃·迪伦,只有那轮月亮。
今天晚上我听着鲍勃·迪伦。我感到忧伤。

2015. 11. 2

第三辑

短歌集

悼　念

我的一位同学死了
我高中时的同学和伙伴
死于自杀。在这寒冷的冬天
2004一年中最后的月份
一场雪带来了他的死讯。
我感到悲伤，但更多是
惊愕和沮丧。我的同学死了
而天在下雪。我不知道
二者间有什么关联
房间里的光线在减弱
瓶花隐匿在阴影中，而阴影
在墙上画出明亮的窗子
而此刻他又在哪里？
事实上，我们有二十多年
没有见面了。我想念他。

黄　昏

我坐在庭院的长椅上
看着第一颗星在天空中出现
初夏。空气中有一丝丝沁凉——
四十年前我也曾这样看着星星
但那时的一切却是多么不同
透过遥远的岁月我看见了
那个充满稚气的孩子
心中涌起一阵无名的伤感

2005.5.4

杯　子

玻璃杯碎了
它的碎片正在沿着
一个固定弧线缓缓迸散
像舒展着的水晶花瓣

它曾是完整的
而现在仍然完整
在虚无中呈现
永恒的理念

2005.5.11

鞋　子

在梦中我丢失了一只鞋子
我到处找，却无法找到。
我在梦中寻找着一只鞋子
而在楼梯角的一侧
我看到了许多双鞋，堆放在一起
各式各样，却没有我的那只。
我寻找一只丢失的鞋子，在梦中
似乎这是我生命中最重要的事情
它被放大了，占据了我生活的全部
而事实上，它并不比一只鞋子更重要

2005.6.16

暑假中

靠在那架瑞士行军床上
我翻书，看着塞尚的画
（当然只是粗糙的复制品）
外面是微蓝的天空
在正午强烈的光线下
天和云几乎难以区分

我什么都不做，也不愿去想

直到茶在玻璃杯中凉了下来
一片片茶叶漂落在杯底
用不了多久天气也会变凉
然后是冬天，我会想起一个个名字
看着雪花带着白色的幻象落下

2005.7.25

塞尚的苹果

它们躺在白色多皱的桌布上
干瘪，像年老女人的乳房
却仍然沉积着岁月的汁液和欲望

也仍然沉溺于蓝灰色的调子，沉重
为和谐而倾斜。更像是一部色情小说
一个宣言，而不仅仅是词语

2005.7.25

另一个梦

在空无一人的超级市场
我走过一排排色彩和形状。
外面下雨，雨衣上滴着水滴。
一个售货员走向我："您想买些什么？"

哦，我想买回逝去的岁月，
和那些青春的梦想。但找遍了货架
却没有找到。然后我醒来
那场雨依旧在外面下着。

2005. 7. 26

死　雨

读着那些前人的诗句，
我感到就像是我写的。
很多年以前。但大都已被忘记。

我变成了许多人。
我发出过许多声音。
但现在停歇了，像一场死去的雨。

2005. 12. 31

人死后，如果灵魂仍然存在

人死后，如果灵魂仍然存在
它们是否会充塞在世界的各个角落
像洁白的鸽子？我们看不见它们
它们却好奇地看着我们，惊异于

我们愚蠢的举动。(是否还会发出咕咕的叫声?)
我想它们并不快乐,或悲哀,只有带有几分失望
天使们小心翼翼地在它们间走动,如同
在圣马可广场手持鸽粮的游客

2005. 12. 31

下雪天

下雪天我们看不到自己的影子
可它仍然存在。它在雪地上悄悄爬行
像圣灵行走在水上。它拖着一条旧毛毯
盖住了夜晚,时间,和我们的睡眠

而雪仍会下着,充满着渴望和焦虑
它唯一的愿望就是淹没影子。没有人
会怀疑这一点。但事实是
它淹没的只是它自己

2005. 12. 31

梦之书

在供销社

我幸运而及时地走进了一家供销社
在一场灾难性的暴风雨到来之前
我在柜台上寻找着可买的东西
我选中了新鲜的奶油面包,瓶装水
这让我感到惊奇,在那样的匮乏时代
居然有这样的商品出售
我想要有红色商标的那种,营业员却拿给我
那种粉红色商标的。我很生气
大声地斥责她,可她还是个孩子
充满了稚气,于是我安慰她,然后醒来

2006.2.28

在南岗地下街

在南岗地下街的一个电话间里
我看见母亲在打电话
她变白了,也稍许有些发胖
我没有惊动她。当我走到秋林商店时
一个人迎面走来,看上去像舅舅
他和我擦身而过,然后停下,打着招呼
黑黝黝的脸上络腮胡子修剪得很整齐
"我看见妈妈了。"我说。我带他去见她
"我说过你的坏话,你不在意吧?"当然
但我说:"你都说了我些什么?"
"我对你舅母说,你太放浪了。"
我回答:"本来我想请你吃饭,看来
现在得重新考虑了。"我们两个
正走下台阶。他一本正经地说:
"现在你有足够的理由请我吃饭。"
这时我醒了,想到他们早已不在人世

2006.3.2 晨

在医院里

我咳嗽着,像一只老旧的风箱,
气管里全都是痰。有人让我注射
青霉素,这让我害怕。在三岁时
我就每天受到这样的酷刑,回报是
捡回了一条小命。我在大厅里转悠
寻找着注射室。一个护士模样的人
指给我一扇门。里面是一个几乎
同样大的房间,很多人在里面
又是一个护士模样的人,指给我
另一扇门,里面是相同的房间。
"为什么这样对待我?"我说,
"我已经找了一整天啦。"果然
天色暗了下来,可他们说这是
要下雨。我看见在阴暗的大厅里
那些病人,全都像蘑菇一样生长。

2006.3.12

忧伤的自行车

近乎恒久的主题,不是在我的诗中
而是在梦里。仍然是那所熟悉的小院
木栅栏,院门朝着北开。我从学校
骑着它回家,穿过傍晚熟悉的街道。
我把它停放在栅栏边,或推进院里
屋子里的灯光已经点亮,投射在院子里
我看到里面亲人的身影在晃动着。
但似乎过了很久,我才再次想到它
我握着手中的钥匙,而它已经丢失——
然后又一次在梦中出现,仿佛
它是一个幽灵,一匹马儿,带我回到
我的故家,回到我少年时的日子
然后消失。它固执地重复上演着
这一幕,是在向我暗示着什么?

2006.7.21 晚,雨

战　斗

我们的院子在月光中无限地延展,渐渐
超出了我们的视线。我向窗外望去
两只鸽子正像情人一样拥抱着,而当雄鸽子
试图去吻他的恋人,却被她避开了。
在月光中它们看上去是灰色的。
我的手中有枪,似乎在找寻着猎物。
当我向院子走去,屋里的
电话铃声响了,爸爸在接电话
我听见里面在说:"今夜我们要向你们
发起两次攻击。你们可要小心!"
"尽管来吧。"爸爸回答,他的语气轻松
仿佛是在同老朋友讲话。"注意,我们有一辆
坦克,会去拜访你们。"我感到了情况不妙
赶紧向屋子里跑去。哦,美好的夜晚,
但外面看不见的敌人,带着阴险的意图
酝酿发起攻击,而我们也必须做出回应。

2006.7.21

一只熊

窗子的对面是一座湖。
在淡淡的晨雾中,我看见一只熊
在向我们的房子走来。也许
他是想来做客,吃掉餐桌上的
面包和果酱,或作为入侵者
闯进我们的生活。我告诉了姥姥
并关闭好门窗。我听见走廊里
一阵猛烈的撞门声,然后他走开了
去敲另一扇门。我有了一个念头
趁他走开,从这扇门转移,然而
我担心这只是个圈套,或许他只是
假意离开,但仍旧藏在门口
是的,生活中有太多的圈套
哪怕是在梦里,或者——
哪怕是面对着一只熊。

在期刊门市部

在那条街上——破旧而狭窄
就像童年时经常走过的那条——
我走进了一家期刊门市部
在以往的时间和空间,我曾在这里
寻找着书店,一次还进入了
一家摆满货物的副食店。
在台子上,我看到了袖珍本的《译林》
"哦,每本都是一篇作品。这是丛书,
而不是期刊了。"我说。而售货员
一个年老的女人,嘟哝了一句什么
我没有听清。我想找《读书》
但没有找到。我发现手边有一本
《新诗》,蒋浩编印的那种,封面是
一个陌生诗人的照片,里面有诗
和评论。我感到奇怪,这是民刊,怎么会
在这里出售?果然,我在上面看到了
出版社的标志,原来是一个
仿制品。但我确实看到了一本
油印在 A4 纸上的民刊,用订书器
简单地钉在一起。我悄悄地
把这本折起来放进口袋。
　　　　　　　突然午后的光线
变得稀疏了,在靠近里面的架子上

我看到了两期新到的《外国文学》
当年王佐良主编,这让我感到惊喜
带给我久已失去的激动和快感——
现在这些杂志我已经很久不去读了
在另一些梦里,我只是在车站的
售货亭里看到它们,但不知为什么
却根本引不起我的兴趣

2007.2.24

应征仪式

我们的应征仪式简单而草率。
前线吃紧,我们将尽快开赴战场。
"很少有人能够活着回来。"有人对我说。
但我平静地接受着命运的安排。
奇怪,我只是输掉了一把扑克牌,或是
中了签,才落到了这个地步。
我发表了精彩的演说,才华横溢
并充满了嘲讽。坐在前面的军官
(看上去像美军中校)的表情
开始变得局促起来,显然,我话语的子弹
射中了他。但具有讽刺意味的是
现在我竟然一个字也想不起来——
关于我的那篇演说。更加荒谬的是
在梦里我居然成了反战人士,而且
应征入伍,成了杀人的士兵。

2007.3.1

谈　话

我们沿着一条弯曲的小路走着
老朋友，漫不经心地谈论起诗歌
"一首诗产生于艰苦的劳作，
但看上去应该显得轻松。"我这样说，
而他居然没有反驳。我注意到
此刻我们正抬着一根粗大的圆木
一前一后，但并不感到丝毫沉重。

2007. 4. 16

盛夏读陶渊明

> 道丧向千载,盛夏草木长。
> ——陶渊明

其 一

外面传来割草机的声音,我知道
这是那位头发花白的工人
在为小区的树篱和草坪修剪头发
更远处,成串汽车隆隆驶过。风
打敞开的窗子吹进来
很凉爽。天空中有淡淡的云
但现在消散了。我在读书
听着 Keren Ann 的乡村民谣
三天来没有一个电话。当我
向外望去,暗红色的屋顶
在树影中闪亮。你的声音
穿越了一千年传来,还会更久
我知道,再过一千年,仍会有夏天
但是否还会有树木和草地?歌声停歇
仍然是割草机的声音

2008.7.9

其　二

南风驱赶来雨云　伫立着
像一群巨大的鲸鱼　我们和草木一样
盼望着一场雨　但始终没有下
它们移动　改变方向和形状
却不曾化为液态的雨　一个星期了
树木静止成绿色的雕塑　草坪发黄　只有
空调机的水滴落在行人的头上
太阳在城市上空剧烈燃烧
实施它的暴政　榨干大地每一滴水分
人们开车去了乡下的别墅
或到了景区　我脱掉身上的衣裳
躲在屋子里　我的房间农舍般简陋
但足够遮蔽风雨和抵挡烈日
有时看看窗子上的云朵
不是为了怀古　只是关心
那场期待中的不可预期的雨

2008. 7. 10

其 三

他熟练地修剪着树篱和草地
把它们塑造得浑圆或方整。
我不知道陶渊明是否会赞同这样做。
他也许会让它们自由地生长
哪怕门前的小径变得荒芜。
他也干其他的杂活,我是说那位园工
譬如,为花木浇水,清理着
地面的垃圾。他的手指灵巧
但却粗糙,上面长满了老茧
当干完一天的活,他回到家里
会和妻儿一起吃饭,聊上几句天
然后一觉睡到天亮。但此刻
他正全神贯注地工作,直到暮色降临。
他远去的背影是那么亲切。

2008.7.10

其　四

一只鸟在窗外叫个不停，发出刺耳的
嘎嘎声，我以为是电锯发出的噪音
在切割或打磨什么。在我的阳台对面
是一座废弃的厂房，不时有人在干点私活
可妻子说是这是鸟叫，后来
我也认为是鸟叫，心里却仍然在
怀疑因为我确实没听过这样难听的鸟叫
但它在叫些什么，从早到晚？是在求偶？
还是在诉说失群的苦涩？这个蹩脚的歌手
不入流的诗人，执拗地表达着内心的情感
就像我。我清楚歌唱的最高境界
尽管我的嗓音低哑，羽毛也不美丽
但就算不是这样，我也不会唱得悦耳
因为生命中有太多的苦难和困厄
我才不在乎别人会去说些什么

2008. 7. 13

其 五

雨一直在下,从昨天傍晚
落到了今天中午的睫毛上。
我的心情也被淋湿。想象着
一双灌满泥浆的靴子
在沼地中执着地跋涉,却不知道
将走到哪里,或走得多远。
或许这是我的脚,但道路却不是我的选择。
我们无法确知命运,但它确实
追逐着我们并干预我们的人生。
我是逃亡者。在梦中曾经不止一次
醒在小旅馆里,有着狭小的房间和木头楼梯——
街道陌生,两旁矢车菊寂寞地开。
我会平静地扮演游戏中的角色
任一切自然地发生或消失,直到
游戏的终结。现在我放下手中的书
眺望窗外的天空,暑气消散了
风中带有些许凉意,秋天在不远处的
枝叶间栖伏,隐现,似有若无。

2008.7.29

其 六

那个夏天有一些事情发生
但都已被我忘记了
这个夏天还会有一些事情发生
也同样将会被忘记
然后这个夏天也会过去
并且被遗忘。我们会茫然地说一声
"天凉好个秋"。事情一直就是这样
似乎还将一直这样下去。我们的生命
将会随着时间流逝,像我童年的那条河
它的水流有时平静,有时湍急
但总是在日夜流动着
其实所有的河流都是一样

2008. 7. 31

哈尔滨志

霁虹桥

富有诗意的名字,只是一座俄式的桥
连接南岗和道里两个街区,桥身带点拱形
却难以与彩虹联系在一起。但它并非不美
而且气派,有着带浮雕的方尖碑式的桥塔
和镶着飞轮的漂亮护栏。桥下闪亮的铁轨,把一列列火车
引向北方的更北,那是我家乡的方向——
那一年早春,我们乘坐102路无轨
然后步行来到这座桥上。天开始飘雪
雪花扰乱着我们的视线。我们漫不经心地
从桥上走过,经过有着灌木丛的开阔地
经过烈士馆和市图,来到八区体育场,惊异地
注视着更加高耸的方尖碑,读着上面的铭文
但并不真正关心这座城市的历史。对于这城市
——陌生而充满敌意——我们只是
一群入侵的野蛮人,怀着占领者的
好奇和喜悦。以后的一些年里,我常常
经过这里,我是说那座桥。去道里书店,送别同学
后来是工作。城市一天天变得浮华,车辆增多了

伏尔加和华沙变成了丰田、奥迪和奔驰
桥身也似乎变得更窄。曾经有人说起
一次从这里经过,他看到妓女
在桥上招揽着生意。在一年或两年间,我的宿舍
就在桥的对面,在夜晚我俯瞰着
桥上的灯火和桥下淡蓝色的信号灯
感受到一种巨大的孤寂,却不曾想到
把它写进我的诗里。自从我第一次见到它
整整三十年过去。当日的朋友散去了
有的已告别了人世,而那些老建筑,大都
已被拆掉,它却幸运地留下,装扮成一个奇迹——
1926年俄国人符·阿·巴利设计和建造
现在已衰老而疲惫。时间改变着一切,而它
承载了太多的岁月,太多的欢乐和悲哀
它们沉积着,构成我们城市的中心风景
而我仍是一个野蛮人,只是并不年轻
对城市仍然感到陌生,却不再有往昔的喜悦

2008.11.19 夜

学府路

早春的一天,沿着这条路父亲送我
来到黑大。报到,然后把沉重的行李
搬到分配的宿舍。后来我知道,隔着一条
窄窄的林荫道,就是医大的校园——
以后的日子,我会常在那里散步,或更远
去几公里外的一片林子,归属于植物园
春天里开满报春花和丁香。但此刻我还只是
一只菜鸟,陌生的环境和面孔让我胆怯
和不安。三月仍在飘雪,但天气已开始转暖
我仍穿着那件黑色的制服棉袄,走过
有着松树和杨树的校园,去教室,图书馆
和食堂。当雪变成细雨,树木绿了,散发出
树脂的清香,我发现了那片林子,或从这条路
去市里,寻找着书店和电影院
或去哈师院图书馆,翻阅以往的
书刊,就像朝圣者进入心仪的圣殿
或漂泊中的尤利西斯接受伊诺的头巾——
它最初很窄,路边是没膝的荒草
此后很多年,在一本《欧洲中世纪生活》的书中
我读到当时人烟稀少,离开居住区
常会在荒野遇到强盗和野兽。而现在的危险
是城市本身——闪亮的钢铁巨兽
成群结队吼叫着驶过——

哲学系的一个新生死了,祖国辉,留下
新婚的妻子,很快又嫁了别人
《学府路吃人的路》,我的一位同学
用这样的标题写下他的诗句——
我也开始写诗,但用全然不同的方式
哦赛壬的歌声,它们诱惑着我——
从这条路步行半小时,就是和兴路
有着一家电影院,和几个小饭馆
我们常去那里,看电影,或吃着饺子
谈着爱情和诗歌,有时是政治——
我和李国强,有时是金雪飞。我能记住的
片子有《追捕》《砂器》和《狮心王查理》
还有一部《大李老李和小李》,六十年代的国产片
我一个人,在前厅遇见了我后来的妻子
她穿着黄色的军装上衣,梳羊角辫,当时
并没有引起我足够的注意。现在国强死了
雪飞也早去了国外,用哈金的笔名写小说
2001年我在美国见到他,头发已有些灰白
永良说他看上去就像一位老华侨
这条路后来加宽,变得阔绰而漂亮,中间
一度有栽着松树的隔离带,但现在
隔离带取消,用铁栏隔开。但愿他会记得这条路——
它见证过我们青春的日子,见证过
我们的欢乐、悲哀和死亡。但说到底
它和别的街道没有什么不同。

动物园

乘坐六十八路车,我们来到动物园
向它做最后的告别。
我,妻子和女儿。
它很快就要被拆迁。

2003年十月的一天。
深秋的阳光慵懒地照着
有些发黄的树叶。
花坛的花朵依旧,但岁时已晚。

在我很小的时候来过这里。
爸爸、妈妈和姥姥带着我。
现在记忆复活了,它聚拢起
被时间撕掉的叶子,轮廓逐渐清晰。

后来是我带着姥姥和女儿。
骑自行车。女儿四岁或五岁
正是我当年的年纪。
姥姥在六年前离开我们

女儿也已在读大三。
漂亮而活泼,但仍然天真。
她问候着动物,动物们却漠然

望着铁栏,无视她的美和善意。

它们的毛皮失去了光泽,
在笼子里踱步,让我想起
里尔克的诗句。但也许
它们是认为我们在笼子里——

一个更大的笼子:受到
保护,其实有着比自然界
更多的杀戮和鲜血。
但此刻自然在哪里?或许

自然早已葬身于我们的文明。
这里是仿造的自然,或自然残存的
一角,并不完整,只是供人们
追怀或感叹,但并不如此——

人们正拉长兽性的脸,欣赏着
他们的战利品,人类曾经的对手
现在叫朋友,但其实是俘虏。
它们的目光透露出悲哀——

也许是为人类。而我们仍痴迷于
进化,或进步,但早已远离
最初的家园。遗忘是最大的敌人
而不只是流逝的时间。

有关它的一切,正在
从城市的记忆中切除。
但愿有足够的理由为未来欢呼,
如果人类登上月亮,哪怕

地球上洪水滔天?以后的几年间
当我乘车从动物园经过
看到巨大的推土机吼叫着
吃掉风景,和我们最后的记忆。

动物和动物园消失了。这里
现在是哈工大科技园。
高大而丑陋的混凝土楼房,正在
从地面上升起,像复活的歌利亚。

2008.11.21—23

北安街

"你告诉我,政策会不会变?"他从
一叠报纸上抬起头来,向我发问。
王双武,我的房东,一个魁梧的汉子
说起话来嗓门洪亮。在酒后
他常常会教训两个不争气的儿子,
墙上的泥灰被他的骂声震落。

"为什么不把女儿嫁给有钱人?"
他问我的岳母。或诸如此类的话。
在他看来,我只是个书呆子,
不够精明,不能像他一样赚钱。

而他确实精明。最早辞去了公职,
从客车司机变成修配厂的老板。
关注着政策,因为这与他的命运相关。
我租住在他的一间偏厦里,在北安街上
他住正房,院子里满是荒草和汽车零件。

我的妻子刚刚怀孕。屋子里潮闷
只能摆下一张床。我们在窗台
放上一盆茉莉,那是岳母买的。
窗外是鹅寮,气味熏得我们无法入睡。

这条街上没有树,也没有鲜花。
我们顺着中央大街散步,有时
在松花江上划着租来的小船。
一次我们把买来的两只小乌龟在江里放生
却忘记了它们是旱龟。

它们在江水里奋力游着,然后
消失了踪影。

活着并不容易。现在我想起它们,不知是否还在
也许有了后代,这条江被上游的化工厂污染
但愿它们没有遭逢厄运。

在那里住了大半年,十月
妻子回到外县的家中待产。
女儿出生。我们再也没有回到那里。
第二年或第三年,他的妻子找到我,
告诉我他去世的消息。

他的儿子们接替了他的位置。
一些年后,我和妻子在道里的一家美容院
遇见他的女儿,小霞,当年的小女孩
现在是老板,一个风姿绰约的少妇。

二十六年过去了。现在我可以告诉他
政策没有变,一直都没有变

变化的是时间,和我们的内心。人们的衣着
更加鲜艳和裸露,蝙蝠衫、牛仔裤、比基尼
然后是三陪小姐出现。要是他活着
可能会跻身新的权贵,但他轻蔑的知识分子
依然受到轻蔑,或是努力变换着身份。
改变的不只是时间。当我从北安街上经过
那里的平房,早已变成混凝土的高楼
像一个个盒子——他住在一个更小的
盒子里——但依然没有树,也没有鲜花。

2008.11.23—24

桃花巷

这名字很美，但明显带有
色情意味。也有一点市井气
使你不会与《桃花扇》产生联想
但其实都是青楼。

正如青楼与红楼不是同一种含义。
而事实上，某位逃避海外的富豪
就把他的淫窝用红楼命名。
《红楼梦》已不再专属于曹雪芹。

伟大的命名艺术，尽管仍然俗套。
这里现在喧闹，拥挤，当年却是繁华。
我想象着当夜色在城市中降临
丝竹声响起，北地的美人倚着栏杆

手托着腮，作沉思状，或
眼波流盼，布下魅力和情色的圈套。
这里可曾有过李香君和柳如是？
而那些流盼和笑靥如今又在哪里？

这条巷子已经消失。现在是南勋街
或南勋街的一段。热闹仍旧
却少了衣香鬓影中的风雅和美艳。

人们谈腻了弗洛伊德和《色戒》

偏僻的街上有人兜售着三级片。
"岁月流转，情怀依旧"
但当年的妓女们都已死去，
连同这条街，以及这段历史。

我曾来过这里，二十六年前，踏上
摇摇欲坠的阁楼木头楼梯，
租房子，朋友介绍，一位和蔼的
老太太接待了我。房子里破败不堪

寒风从墙角和窗缝吹进，壁纸沙沙响
仿佛鬼魂们讲述当年的繁华。
谁会想到这里曾是一个风月场？
我匆匆离开，再也没有回到那里。

2008.11.25—26

通达街 31 号

我的一间斗室,但真正属于自己
或我的三口之家。十二个平米
已足够让我满意。我在床边摆放书架
纸箱上放着木板,在上面写诗
或练习书法。真的很好了,我是说
在经历了一段居无定所的生活之后。
屋子里有一盆兰草,现在仍然伴随我们
从阳台上望去,低矮的平房衬出远处的楼影
做饭时会有缕缕炊烟升起。女儿在这里
学会了走路。我们常常带她
在傍晚的街道上散步,沐浴着
初夏的微风。或到附近的三孔桥上
看过往的火车,但并不向往远方。那时
我走得最远的是双城,岳父家。
附近有家影院,教师进修校的
俱乐部,在那里我们看过很多场电影,
现在记得的只有《第一滴血》
和《弗兰西斯卡》。两位叛逆的主角
男人浴血奋战,女人却被用手术刀
修理了大脑。报纸上批判着
人道主义与异化——
　　　　　朋友们开始出现
谈论着诗歌和绘画,还有哲学

一位搞画的朋友爱吃我的溜肉段——
王广义,他和舒群等人
成为这里的常客。还有孟凡果
当时他还在外地工作。认识朱永良
稍晚些,因为一套诺贝尔奖的诗集。
乾义来过一次,带着他年幼的儿子。
开愚来的时候,正好女儿过四岁的生日。
现在记忆模糊了,但当时的照片仍然清晰。
雪飞出国前过来看我,陪他同去黑大
他念着罗特克的诗句:要是回来,
我将变成一头狮子。他仍住在国外
二十三年不曾回来过一次。开愚写过一首诗
《通达街31号》,里面提到我穿着一件
好看的毛衣,这是妹妹的同事织的。
通达街31号。这不是我的房子,确切说
是我住的那幢楼。邻居们有时会为一些小事争吵
譬如,一楼的住户关了全楼的水闸,
或楼下的老太太抱怨走路的声音太大。
有的朋友疏远了,我不知道是我背叛了他们
还是他们背叛了自己。但生活仍在继续——
每天骑自行车上下班,编着无意义的稿件
读武侠小说,试着写卡夫卡式的故事——
然后冬天降临,我的阳台上落满了雪。雪下在
整个城市,也下在我的诗里——
也许至今仍在下着,只是我已不再提起。

火车站

这座火车站,在岁月和夕阳的余烬中
仍然挺立。城市的心脏,或动脉,并见证过
城市的全部历史。它曾经美丽,如今却成了
一个不确定的符号,不断的改建,使它变得
庞大而丑陋。"就像是一个怪物。"
刻尔布鲁斯。它巨大的喉咙,吞下
行人和时间,然后吐出另一些——
但只是命运轨迹的一个交点,并形成新的命运。
然而有谁会留意这些?人们每天从这里流过
目光迟滞地盯着前面,匆忙而没有目的。
城市的漂泊者,没有人知道他们最终的归宿。
正如没有人知道这里的未来会是怎样——如果有未来。
时间改变着一切。站前的纪念碑被拆除,树墙
和花坛不见了,广场被分割,建起了
地下商业街,或成了停车场,小旅馆们
招揽着生意,出租车拉客——
到了晚上,霓虹灯燃亮天空,掩盖起
城市的肮脏和罪恶。在喧闹中它沉默着
仿佛厌烦了这一切。
　　　　　　我曾被称为虚无主义者
留着长长的头发,在这座城市里
活着或写诗,并感受着更多的虚无——
那时我还没有读到过希尼,却已经

在生活中模仿了他,他或他的诗句——
很多次在这里乘车,或只是从它身旁经过,当它
投下巨大的阴影,下雨,或是飘雪。
偶尔会注视着它,而它一天天变得陌生,
就像城市的坏脾气。但我相信,它的出现
并非偶然。新艺术建筑,一幅展开的时间画轴
带来数以万计的侨民,和一座新兴城市——
欧式风格,一度繁华,然后以同样快的速度
消失。毕竟有足够的往事可以炫耀——
譬如,芭蕾舞和夏利亚宾的音乐会。
有轨电车。或一个朝鲜青年的手枪
洞穿大日本帝国的心脏。这一切终结
或正在终结。尼古拉教堂毁了,最早的电影院
变成小野迪士高,手机专卖店
或二人转剧场。一些高楼拔地而起,像蛀牙。
时间改变着一切,并仍在改变着。只是在老相册上
依稀保留着记忆模糊的面容。而此刻当我抬起头来,
发现夜晚已经降临。往昔早已不再。
难道这些只是一场缥缈的梦,
只是供我们追怀,感叹,或产生出更大的虚幻?

2008.11.30—12.2

欧罗巴旅馆

因逃婚寄居在这里。用肉体谋生
用文字反抗命运的不公。或是
用文字谋生,用肉体反抗着
命运,反正都是一样。

我没有读过她的更多作品,除了
一两个短篇。她的才华和思想
还不足以吸引我。说到个性和经历
其实也有其他更好的典范。

但她就像一条河,她家乡的河。
开阔而沉稳,虽然并不清澈,但有着
汹涌的暗流。我熟悉那条河
它也同样流过我的童年——

岸上长着芦苇和野草,在夏日里
散发着泥土的香味。我曾去那里
游泳,和郊游。比起她,我的童年
还算是幸运。而我来到这城市

也只是求学,并最终滞留在这里。
但一样居无定所,面对这个
不属于自己的城市和冷漠的高楼。

我愤怒地从大街上走过。

这间俄国人开设的小旅馆,就在
尚志大街的街角,起初叫新城大街——
直到 1995 年,它仍是一家旅馆
仍叫着这个名字——或是恢复了

这个名字。在墙角的铜牌上
镌着"萧红和萧军曾居住于此"
诸如此类,只是为了招徕顾客
但效果显然并不很好。因为

不久,它就不见了。这里现在
是大型的购物中心,有着餐厅和宾馆,
但没有波斯菊,没有波希米亚式的
浪漫故事,也不复是当年的模样。

2008.12.6

红霞街

在我的窗子下面，是文化宫的小花园
里面长着树木，冬天积满了雪。
另一扇窗朝向大街，街的对面
1 路公汽和 105 路无轨的终点。
沿着大街向下，可以到达松花江边
斯大林公园的侧门，人们称那里九站。

街的另一个端通向霁虹桥和火车站。
向那边望去，我看到老哈百，以及
楼群和夕阳里的一个巨大圆形穹顶——
很长时间我一直搞不清那是什么建筑。
我的周围不乏老建筑，红霞幼儿园
起先叫红十字幼儿园，但原本是

一位美国商人的私邸。朝二中，当初的
犹太教会学校，土耳其清真寺，还有
犹太新教堂，但那时是公安俱乐部，后来
变成了东方娱乐城——绝妙的讽刺——
小姐们在那里出入招摇，霓虹灯亮得耀眼
但我从没去过那里——直到现在——

而它摇身一变，成了建筑博物馆。
我在这里住了十年。女儿从小学

读到中学。舅舅去世,奶奶去世,后来是
姥姥。搬家时,弄丢了姥姥留下的
一根手杖,和母亲当初送我的一块手表
Olma 牌。十年间有很多事情发生。

那时起我有了自己的书房,可以
招呼朋友,和安静地写作。但不久
小花园的树木被砍掉,草地铺上了水泥
每天黄昏一些人在跳迪斯科
"吉米来吧,吉米来吧,让我们手牵手,
来跳跳迪斯科。"崔健的摇滚。文化热

之后是一场更大的事件。在我家的阳台上
甚至可以听到远处传来的声浪。
十年间有很多事情发生。十年过去了,然后
又一个十年。我早已搬离了那里,直到最近
我才知道,这条街最初叫商市街:萧红
也曾在这里住过,但具体地点已不可考。

2008. 12. 15

文化公园

在变成游乐场之前,我常常
去那里,带着妻子和女儿,有时
是外地来的朋友。你总该记得
从大门进去,两排笔直的钻天杨
通向一座犹太风格的小楼。
即使是深秋,花坛中的一串红和大丽花
依然鲜丽得耀眼。公园的右侧
是当年的墓园,但早已夷为草地,上面
横卧着镌有俄文的碑石:
某位伯爵,工程师,哦,还有十几岁的
少女。他们漂泊到这里,冒险,或是
躲避一场血腥的恐怖,但最终
没有逃脱残酷的死亡。
再向里,是树林和荒草,情人们
在这里幽会,或做爱。
历史和现实在这里交汇,
以及生和死,痛苦和快乐。
现在那些墓碑不见了,当年的情人们
都已老去,或带他们的子孙
来这里乘坐过山车和摩天轮。
城市里满是麦当劳和肯德基,
食杂店变成了仓买,年轻人
穿着T恤和耐克鞋

在大街上亲吻。一个世纪消逝了——
现在从城市的各个角落,都可以
看到那个巨大的转轮,耸入云霄
成为时代的一个完美象征。

2008.12.16

中央大街

石砌的路面被时间和脚步擦亮。
其中包括我的,匆忙或是悠闲。
多少次我从这里走过,看着
橱窗上流动的树影和四季的变化,
看着街边的建筑和行人的脚步。
城市的画廊,更像是一座舞台
沉积的历史套上了俗丽的新装。
松树终于移走了,换成原来的糖械——
当初我曾无法遏止我的愤怒。
但它默默承受,面对浮华思考着
孤独和死亡。而我仍然是旁观者
偶尔从这里走过:雪天,或雨中,
当冷雨和纷飞黄叶一同飘落,
或夕阳剪出楼影,像衰落的童话。

2008.12.23

圣伊维尔教堂

尽管你早已被你的教众们遗忘
或你们同时被上帝遗忘
尽管在岁月和风雨的剥蚀中
你的墙皮脱落,尖顶
也不复存在——当初它曾
衬着夕阳高傲地挺立——
但外墙上的马赛克镶嵌画
却仍然鲜艳——不是出自
《圣经》中的故事,而是一个童话——
我曾屏住呼吸,注视着你
时间的废墟,或祭品,一个时代
垂死的疤痕。但最终会有什么留下
供我们沉思和凭吊?或许
你的存在,只是为了一首诗?
而这首诗的存在,又是为了什么?

2009.1.6　凌晨1:30

南岗体育场

在我的记忆中,那些跳伞塔
似乎并不很高。它们在傍晚投下
浓重的影子,很难想象有足够的时间
能让跳伞者张开他们的伞。
我常常穿过那里,去于嘉英家,
诗人,黑黑的,说起话来嗓门很大,却有着
看上去像女人的名字。
他用带杏仁味的樱桃酒招待我们——
体育场的另一侧,是烈士陵园
我们在夜里会翻过高高的围墙
享受着里面的寂静。在青草
和松树间,是白色的墓碑
像一个个头骨。有时我感到恐惧
担心会有幽灵出现,但并没有。
那些初夏的黄昏,像诗句一样美丽
确切说像歌词,"柠檬般的月亮"
来自邓丽君或什么人的一首歌
哦,还有什么,能够抚慰我们
焦躁而不安的青春?
三十年过去了,它们还在吗?
那些跳伞塔,那座陵园?也许
它们已和我们的青春一样沉寂
几个月前,我遇到了于嘉英

他已经提前退休,我们记下了
对方的电话——明知道不会去打——
然后匆匆分手。

2009.1.6 凌晨 1:50

索菲亚教堂

很长时间我一直搞不清那是什么建筑,
当站在阳台上,我看到它巨大的圆形穹顶——
隐身于老哈百和周围破旧的建筑群内
像一个弃儿,却幸运地逃过了那场劫难。
现在它风光了,取代了原来的防洪纪念塔
一跃成为哈尔滨的标志。
　　　　　　　　　但只是一个空空的躯壳——
青铜的钟声不复在城市上空波荡,不复有神甫
和为生者与死者庄重的弥撒。游人来来往往
看着它变得光鲜的外形,拍照,
或喂一喂广场的鸽子,肥胖而笨拙
像那些观光客。它们咕咕叫着
甚至倦于在蓝天中飞翔。
更多人漠然地从它的身旁经过
至多抬头看一眼圆顶上的十字架,
神情困惑而慵倦,然后把目光
移向别处,盘算起一天的安排。
"圣哉!上帝,全权全能的主。天和地
充盈着你崇高的形象。"祈祷声远去,
消逝在历史寂静的阴影中。
　　　　　　智慧,或永恒的荣耀
我从不曾浴在这光的清泉中。
有过虚假的偶像和激情,现在消失了。

狂热的红弥撒，让我厌倦了所有的仪式。
当然我不必对那场劫难忏悔，即使
我不是圣徒，但也从来不曾选择过撒旦。
我要忏悔的是另外一些事情，有着
和但丁相同的罪孽，却难以具备
他的才华和高贵。现在的问题是
我们能否得救？我们的灵魂将栖于何处？
它将会在哪里寻找到最后的风景？
我总是在问，但没有人在意这些。有太多的黑暗
沉积在正午，沉积在我们的体内。
死亡是一个同义词。
在大堂里，陈列着的
那些城市开埠时的老照片，它们被放大
供人们凭吊，但似乎在提醒我们：
它的繁华，如同我们的生命
只是短暂的一瞬，像节日的烟花，
美丽地迸发，然后陷于永久的沉寂。

2009.2.1—8

西头道街

又一个十月来临。又一次中央大街两旁槭树的叶子被染成
　　黄色。
它们将会在一场冷雨中随风飘落,但现在并不。
它们只是变黄,发脆,发出哗哗的响声,像翻动着的一本厚
　　厚的书。
秋天潜伏在其中,磨着闪亮的牙齿。在这个城市
它的猎物已日渐稀少。街角的那家露西亚咖啡馆
仍在营业中,它绿色的遮阳篷在午后的光线中变得黯淡。
室内布置着老照片,旧俄时代的茶炊和器具
——精心装扮出的历史——浮华,虚假,但似乎有效,吸引着
外地的游客,和少数怀旧者。而对面的广式茶餐厅同样生意
　　火爆。
我经常来这里,并非喜欢,只是陪着外地来的朋友
安抚他们的好奇心,而一次次让自己陷入失落。
一个城市消失了,剩下的只是模糊的影像,或更糟
它往日的辉煌,不过是出自我们头脑可怜的想象。
遗忘是真正的冬天,在它的空白中我们搭着积木。
现在我漫步在这条街上,泪水突然模糊了我的眼睛
三十多年前的一天,我第一次来到这里,相同的季节
却没有咖啡馆,空地上慵懒地开着波斯菊,有人点着炉子里
　　的煤球
准备着晚饭。孩子们嬉戏,少女穿着浅色的布裙
偶尔有一辆公交车驶过,在我的记忆中没有声音,像幽灵。

马迭尔冷饮厅

我注视着窗外流动的街景。
女人和孩子,时而是几辆车。
直到服务生端来奶油冰激凌,盛在
浅色的玻璃盘里。白瓷罐中的酸奶
很稠,上面撒着细细的砂糖……
马迭尔冷饮厅。中央大街。我十五岁。
当我把一勺冰激凌放进嘴里
它在舌尖上融化开来,沁凉的香气
打开了我全部的感官——
这一天阳光格外耀眼,街道尽头的
纪念塔变成一道透明的影子。
江水平稳地流。时间仿佛静止。

在城市遥远的记忆中,这座冷饮厅
伴我度过那个寂静的夏天。
那时没有丹麦冰激凌,没有美登高
和大脚掌,也没有和露雪以及哈根达斯。
送奶人的脚步声响在清早寂静的街道
把新鲜的牛奶放在楼口的台阶上。
青草从水泥的裂缝长出。人行道旁
时而会有一丛丁香绽开,或波斯菊。
那时同样没有伊利和蒙牛
没有三聚氰胺和添加剂

一切看上去似乎都很美好——
哦，还有我逝去的青春岁月。

2012.6.3

第四辑

看电影

《美国人》

> 导演：安东·寇班
> 2010，美国

乔治·克鲁尼是位杀手，也是美国人。
这意味着他可以去世界上任何地方。
他穿杰尼亚套装，看上去像个绅士
绅士或品牌服装代言人。
他开着一辆蓝色或深蓝色的菲亚特从瑞士
穿过长长的隧道和冬天来到巴瑞吉奥，
意大利的一个小城。他野餐，跟女人上床
和普通人没有什么不同。我羡慕这生活
要不是他杀人，或被别人追杀。
他明显老了，但身手仍然不差。
他隔着车窗，拧断另一个杀手的脖子
优雅得就像那把改装了的 M14 狙击枪。
我关注的是技术细节，因此倒碟重放，
于是那个倒霉的杀手，又一次被拧断了脖子。

生活就是这样,不断地重复,让人厌倦——
比如说,恋爱,下雪,和杀人。说到后者
正如那位神父所说,"你不能怀疑
地狱的存在,它就在你的心里。"
你即你们,也包括我。这世界很凶险
到处都是阴谋,欺骗,和陷阱,
当然还有美女和性,我是说在这部片子里。
但我喜欢那条弯曲和高低起伏的巷子,喜欢
那个安静的意大利小城。虽然我不喜欢
杀人,杀人或被人追杀,哪怕他是美国人,
哪怕他是乔治·克鲁尼。我不知道这有什么不同。

2011. 1. 23

《迷人的四月》

  导演：麦克·奈威尔
  1992，英国

她指着墙上的照片："这些人我都认识
大诗人丁尼生，拉着我的辫子，说太长。
作家卡莱尔抱我坐在他的腿上，
他愁眉紧锁。"我读过卡莱尔的
《论英雄和英雄崇拜》，据说他带点
法西斯倾向，但我喜欢这本书。"我是
和你们度假的最好人选，我只想坐在树荫下
回忆美好的时代和更优秀的人。"
伦敦四月的一个午后，上个世纪20年代，
费雪太太家。"那么你认识济慈吗？"
乐蒂问。费雪太太回答："济慈？不，我也不认识
莎士比亚和乔叟。""这很奇怪，在汉普区
我以为我见到了济慈，当路过他生前
住过的那条街。""希望你没有看见鬼魂的习惯，
无论怎样的才子，做了鬼都不好看。我唯一想见的
是我死去的丈夫。"就这样，四个女人
结伴去意大利的一座古堡度过四月，
萨瓦多里，蓝色地中海的一个岛屿。
她们是乐蒂·巴金斯和罗丝·阿巴诺

两个生活平淡的中年女人，年老而贵族气的
费雪太太，以及漂亮的卡洛琳小姐，
她似乎是一位交际花。她来这里
按照她的话说，只是想顺一顺羽毛，
不听人讲话，不被人纠缠，只要
能够安静一个月，忘掉俗事，这样就能
恢复本性。"我追求美丽，浪费了
太多时间。"我也是，我们都是。导演奈威尔为我们
上演了这样一段故事，平淡，但意味深长。
我喜欢他的《四个婚礼和一个葬礼》，
休·格兰特和麦克道恩主演，看过
新上演的《波斯王子》，感觉似乎一般。
而这部片子是我的最爱。他把场景
从绵绵阴雨的伦敦切换到阳光明媚的
地中海沿岸，在那里一切都将重生，就连
费雪太太的手杖也长出了嫩芽。我们的怪僻
或许只是缺少一点爱，一点爱和一点包容。
而和谐的自然，真的会使人改变，
如浪漫主义者们所说？将近一百年了，
按故事发生的时间。有太多的事情发生
发生或消逝。费雪太太早已化为尘土，
连同她的贵族气。2002年在威尼斯
我见到一位可敬的老太太，她的长相
和费雪太太出奇地相似。她拄着手杖坐在前排
听我谈论着《神曲》。"你讲得太好了，
里面既有哲学又有文学。"她说，"我去过很多次

北京,那里越来越现代化了。我不会再去了。"
我不知道她使用哪个年代的语言
——费雪太太只会讲但丁时代的意大利语——
也没有问她的名字,我更愿意
叫她费雪太太,我想她不会反对。

2011.1.25

《盗梦空间》

> 导演：克里斯托弗·诺兰
> 2010，美国

迪卡普里奥用一只旋转的陀螺
检验他是否仍在梦里。我不清楚
这有什么根据。因为即使是在做梦
一只陀螺可以永久地转动，也同样
能够随时停下。真实也许只是
一个伪命题，它同样依赖于感觉——
就像庄周梦见自己成了一只蝴蝶
这感觉和他是庄周一样真实，
他甚至无法弄清是他变成蝴蝶
还是蝴蝶变成了他——在我看来
这没什么不同——当然我更喜欢活在梦里
我可以自由自在，注视着镜子中的
另一个自己，做着怪相，或者
和死去的亲人相逢，听他们讲一讲
另一个世界的事情。我会飞，也永远
不会老去。然而我们是否能忘记悲伤？
在一个梦里，我看见团团，那只
死去的可爱的兔子，来到我身旁
瘦得只剩下骨头，我为它寻找食物；

在另一个梦里，它背着一个背囊
沉重而巨大，我解开带子，让它轻松
我的心充满酸楚，这感觉无论
在梦中还是醒着，都是一样真实。

2011.1.25

《破坏欲》

> 导演：西恩·埃利斯
> 2008，法国/英国

她注视着镜子里的自己　像是在
看一个陌生人　在父亲的生日宴会上
那面镜子碎了　而当她在医院值班
另一面镜子也碎了　又一个她从里面走出
开着那辆红色的切诺基大吉普离开
熟悉的街道　和树影　现在
开始变得陌生　连同她的男友　和家人
吉娜·麦克维　放射线科医生
美丽　聪慧　现在遇到了大麻烦
按照弗洛伊德的说法　她的
自我分裂了　而用拉康的镜像理论
似乎也能解释得通　但无疑
另一个她反叛了　她治病救人
而另一个杀人　没有认同　只有
分裂　在英文中　Broken 同时具有
破碎和背叛的意思　但这不是
精神分析的教科书　也不是
生活　这只是一部电影　是的
一部电影　好看　或不那么

好看　新锐导演西恩·埃利斯拍摄
但事实上　我就是吉娜·麦克维
或琳娜·海蒂　我一直
在分裂　我一直在找寻
分裂出去的自我　我的目光
充满了疑虑和忧伤　当驾车
驶过日复一日变得陌生的街道
或日复一日变得冷漠的男友
借口外出遛狗　或是买烟

2011. 1. 26

《慕德家的一夜》

    导演：埃里克·侯麦
    1969，法国

哲学真的会作用于我们的人生
抑或只是作为咖啡馆里的谈资？
譬如，说起人是思想的芦苇
或克丽奥特佩拉鼻子的大小
将会决定历史，我们的身躯
是否因此变得细弱，并真正拥有思想
（而不是人云亦云的套话）？事实上
从考古学上得知，埃及艳后并不貌美

就这样，我们讨论着帕斯卡尔
一同来到那位迷人的少妇家中
仍然和她讨论着帕斯卡尔——
她离了婚，有着一双美腿
慵倦躺在床上。我们衣着整齐
吸烟，用风度和知识装扮自己
像圣诞树的彩灯，虚幻而迷人
窗外下雪，布置出一个白色的世界

朋友离去了，她却挽留着我

"你可以留下来安慰我,因为
我有点孤单,我们可以越过常规
来个实质性的接触"。她和丈夫
各自有了外遇,她因此,提出分手
我拒绝了她的诱惑,或暧昧的邀请
眼下,我正暗恋着一位金发姑娘
后来发现正是慕德丈夫的情人

那么帕斯卡尔和这些有什么相关?
是否真的如他所说,人生是一场
永恒的虚幻,或人不外是伪装——
一切都会发生,正如一切都不曾
发生。许多年后我记起了这段往事
仍然会感到迷茫。"我们的谈话分散了
我们的注意力,我们忽略了这美酒"
哦,有多少美同样被我们忽略——

美丽的女人和美丽的风景——
就在我们谈话中间,它们老去
或消逝。时间不曾带给我们
智慧,只是留下了空洞的思考
而埃里克·侯麦把它拍成了
一部电影,黑白片,正如它在
我们记忆中所呈现。现在我老了
雪覆盖着走过的路,埃里克死去。

《让子弹飞》

导演：姜文
2011，中国

让子弹再飞一会儿
姜文说。这回他当了麻匪

你斗不过他。听我的，离开鹅城
葛优说。他从县长变成师爷

我后悔当初不该和你作对。
发哥说。他是恶霸。他死了

而鹅城是一个国家
被乌托邦地虚构出来

电影里面有一群鹅
还有着鹅一样的居民

但女人注定充满激情
那些好白好白的妓女们

无论周韵还是刘嘉玲

当然，她们都嫁对了人

男人金子般沉默。事实上
除了麻匪，你感觉不到男人存在

让子弹再飞一会儿
但它真的会让列车脱轨

或把铁门打出能够
让人（而不是狗）钻过的洞？

没有隐喻没有思考。却同时
兼有娱乐和票房

这一切会有不同
但，让子弹再飞一会儿

2011.1.27

《后天》

> 导演：罗兰·艾默里奇
> 2004，美国

1

从没有过一个冬天像这个冬天这样寒冷。
雪不停地下，温度计一路向下跌落。
千里之外，与我们毗邻的蒙古草原
上百万头牲畜被冻死。而地球的另一端
从华盛顿、弗吉尼亚一路到新泽西
二十余万户人家断电，汽车冻在了路上
机场关闭。清雪车日夜出动，直到瘫痪。
政府要人们留在家里。孩子们望着窗外
再没有树影在草地上摇曳，也没有人在遛狗
大街上空无一人，只有风雪在肆虐。饥饿的野兽
会在夜里到城里寻觅食物，如果它们仍然活着。
我们面临的又何止一个冰河世纪，还有
飓风，冰雹，地震，海啸和火山喷发
海平面上升，地极转换。灾难像老鼠一样
成群地从某个阴暗的角落涌出
仿佛那只盒子被重新打开，或走进一个壁橱
你会发现一切都改变了，但无法找到回家的路。
我们被坏天气围困，是否还会有后天供我们挥霍？

是否会有一位超人使地球倒转,让我们
重新开始我们的一切?是否我们要为曾经得到的
欢愉和享乐来埋单?我们是否还有机会?
我们能否获救,在最后的时刻到来之前?
到处是雪。雪。雪。猛犸象和剑齿虎
将在博物馆的夜晚复活,我们的心灵荒芜。
我们的信念、勇气和爱,能否有足够的力量
带我们穿过巨大的冰川,进入那座图书馆
里面的精装书,只能燃起火堆,供我们取暖。
没有后天。甚至没有明天,只有今天
今天,困惑,绝望,和深深的忏悔。

2

他们出生在美国,好运气遇见了坏天气。
先是龙卷风,把城市吹得七零八落。
接着海水升起,巨浪冲向了街道。
下雪。结冰。他们必须穿过严寒
到南方寻找生命所需的温暖。他们——
或许也是我们——能否得到解救,或是否
值得解救?一切都未可预料,因为这些都还没有发生
因为这些都还只是预言,被推算发生在后天
后天就是明天之后的那天。也许
从理论上讲,这一天永远不会到来
因为我们永远是在今天。只有今天
而没有明天,明天或是后天——但愿
这不是一个谶语,我们早就看到了

事情的征兆，甚至这些已经
或者正在发生。真有趣，电影成为预言
预演将会发生的灾难，警示或娱乐着我们——
但这些并不比卡桑德拉说出的更有效
一切都还没有发生，但结局已经确定
历史从不因为预言改变，却会
成为寓言。现在城市仍在狂欢
到处燃放焰火，人们相信，或宁愿相信
我们只有今天，不会有明天，明天或后天。

2011.1.31

《青木瓜之味》

　　导演：陈英雄
　　1993，法国/越南

我的童年也是在五十年代度过
但那是在中国北方的某个县城
我仍记得那些嗡嗡响的电线杆
记得那条土路，通向主街，和
后来上的那所小学。不，那所
小学是在另一个方向，西北隅
而那时我家在城南。每到春天
风卷起沙土向人袭来，天变成
暗黄色，可当时人们并不认为
这有多难过。有时我和邻家的
孩子到附近废弃的锯木场去玩
在一首诗中我曾提起。更多是
姥姥带我去医院注射青链霉素
在三岁时我得了肺结核。而梅
（电影里那个小姑娘）生活在
全然不同的国度：正午炎热的
时光，在浓郁的绿荫中悠然地
流转沉积，像那只月琴的拨弄
似乎在诉说着什么，却又像是

什么也不曾诉说。

然而不管怎样我喜欢这情调，喜欢那笼罩在绿荫中的庭院，同样喜欢那个遥远的夏天：那些青翠欲滴的青木瓜，从藤架垂挂下来，她摘下了一只，洗净，然后削皮轻轻拍打着，刮下白色的丝络她剖开瓜瓤，于是露出里面的晶莹洁白的果实，就像是珍珠梅十岁。三年前她的爸爸死去她来主人家帮工。她起得很早烧饭，擦地，洗碗，有时也会偷懒看蚂蚁拖着一粒米，或是喂蛐蛐们喝水，它们住在竹条编成的笼子里面。而我的生活全然不同，我更像片子里那个恶作剧的小男孩，他故意弄翻梅洗抹布的水桶，或往花瓶里撒着尿。日子缓缓移动，或是在记忆中积淀。

哦，那些平凡而慵倦的夏日时光。透过木板窗子，午后的浓荫氤氲着植物清新的气息。十年过去，现在梅长大了。她摘下了一只木瓜

洗净，削皮，轻轻拍打着，再
刮下白色的丝络。把瓜瓤剖开
露出晶莹洁白的果实，就像是
珍珠。她拈起一颗，放在眼前
她在瓜丝上面摆放一圈小鱼干
浇上调料，就这样一道菜完成
就像这部电影，清新而又美好
钢琴家丈夫教她识字：在我的
园子里，有一棵木瓜树，那些
木瓜一颗颗吊在树上。熟透的
木瓜，有着一种淡黄色的光泽
味道甜丝丝的。她大我十五岁
如果还活着，应该有七十岁了
我想象不出她后来经历过什么
也许她早就死去，但那个夏天
那些青涩的木瓜，仍然在继续
并提醒我们，生命，生活，和
夏天，是那么美好，值得珍惜

2011.1.29—31

《不散》

> 导演：蔡明亮
> 2003，中国台湾

福和大戏院。镜头缓缓地移动。
让一切慢下来。
慢些。再慢些。

天在下雨。积水的反光。
卫生间。一个女人
走过清冷的走廊。

座椅暗红色，但是空的。前排
坐着一个男孩。他在看，吃着东西。

大厅里日光灯管不停地闪着
是否预示这是一个诡异的夜晚
或只是镇流器出了毛病。
一个年轻的男人在看。

《龙门客栈》，1967年胡金铨导演
明朝的一段往事，黯淡的记忆
转化成彩色宽银幕。

荒僻的乡野,一家客栈
潜隐着阴谋和争斗。

而现在是公元 2003 年。
当年的事情已变得微不足道。

一对男女在座位上吃着东西。
年轻的男人起身离开。

让一切慢下来。
慢些。再慢些。

是否这样我们的生命
就会被拉长,或是能够
更加细细地咀嚼人生。

也许它是一枚苦果,当然
也可能是酸的。

跛脚的女售票员
拖着她的跛腿爬上窄窄的楼梯
进入机房,里面没有人
但电影仍然在放。
她把一块面糕放在桌上。

年轻的男人在座椅上

手里拿着一支烟,但没有点燃。
右前方是一个上了年纪的男人
那张脸似乎在银幕上见过,但苍老。
右后方伸过来一双赤脚。
一个上了年纪的男人过来
坐在他的身旁,然后站起身离开。
另一个男人过来坐下
他瘦,穿着一件深色的衬衫。
孩子睡着了。身旁一个老人。

年轻的男人坐在另一位上了年纪的人的
身旁,手里拿着一支烟,但没有点燃。
他向他侧过身,但最终离开了。

女售票员在女厕所冲洗便池。
男厕所里站着几个男人,在小便池前
一个在吸烟。他们站得太久了
似乎前列腺出了毛病。

年轻的女售票员的脸。
她在侧门注视着银幕上的形象。
上官灵凤和东厂探子拼杀。
女售票员紧张地看着,
她年轻或不那么年轻。

女售票员困难地爬上

窄窄的楼梯,亮着手电筒
走过宽阔但更加肮脏的走廊。
又从一条窄木梯下去,停下
她的目光透过缝隙在向下看着什么。

慢些,再慢些。

年轻的男人走进一间堆满纸箱的房间
几个人从他身旁经过
但没有人说话。

女售票员来到(第二次)
那个放映间,她放下的面糕仍然在那里。
她在一把藤椅上坐下。

吸烟的男人在狭窄的过道看着什么
或什么也没看。他仍在吸烟
年轻的男人在拐角处静静观察着他。

女售票员静静坐在椅子上。
手里握着那只黄色的手电筒。
她拿起那只糕——形状像一只桃——
然后离开。

"要我出来,就是要我看这个?"
侠士们彼此试探。他们年轻

男人英俊，而女人漂亮。
他们出手都很快。

但慢些，再慢些。

年轻的男人走近吸烟的人。
他拿起那支没有点燃的烟。
吸烟人拿出打火机为他点着
他们一同在吸烟。
"你知道这戏院有鬼吗？这戏院
有鬼。"吸烟的人说。
"鬼？"年轻的男人说。

他们吸烟。不动。
年轻的男人凑近，另一个
转身离开。"我是日本人。"
他说出了八句台词中的又一句。

画面静止。涂着油漆的过道。
只有排风扇在转动。

暗红色的座椅空荡荡的，只有
一个女人把她的脚搭在前面的椅背上。
她嗑着瓜子，优雅地。年轻的男人坐在她右前方
没有吸烟。女人跨到前排，俯下身，消失。
仿佛在黑暗中摸着什么，或者是一只鞋。

她又出现在男人的正后方,嗑着瓜子。
她的嘴唇涂得很红。她的腿很诱人。

男人挣扎着站起身,走了出去。
女人在看,嗑着瓜子。

坐席上有两个观众,上了年纪的
男人和没有上年纪的男人。
后一个是那个吸烟的男人,但他不再吸烟。

另一个像银幕上的某个人,然而苍老。他的眼睛
满含着泪水。

慢些,再慢些。

终于银幕上打出"剧终",剧场的灯亮了起来
坐席上空无一人。跛脚的女人清扫着。
她离开。剧场空了。

上了年纪的人领着小男孩
走过剧场外的海报。没有上年纪的人同他打着招呼:
"苗老师。""石隽。"
"好久都没看电影了。""都没人看电影了。"
"也没人记得我们。"

他们一同出演《龙门客栈》。在里面

他们是死对头。胡金铨死于1997
苗天摸出一支烟,慢慢地点着,吸着。
放映室里,放映员倒着胶片,也在吸烟。
倒片机的转速很快,发出嗡嗡声。
他吸着烟,样子像是在想些什么。

女售票员冲洗着男厕所的小便池。
她久久地看着镜子。
她走出剧场,售票处贴着"暂停营业"

男放映员拉下滑动门。他吸着烟。
他看到那只面糕。他走出门,推出
一辆摩托,点火。离开。
雨仍在下,很大,但似乎并不真实。

在雨中,音乐响起。女售票员在雨中
慢慢地走。她跛着一条腿。
她打着伞,在雨中慢慢地走。
福和大戏院。一曲怀旧的老歌。2003年
蔡明亮买下这间将要拆除的影院,拍下了这部片子。
而在2011年2月6日深夜我写下这首诗。
我不知道要说些什么。

2011. 2. 6

《五》

      导演：阿巴斯·基亚洛斯塔米
2004，伊朗

1

海浪　不停地　向着海滩
涌来　一次　又一次
一天　又一天　一年　又一年
不断地　聚合　拆解
但看上去　却全然　一个样子

2

岸上　一只鸟　或野鸭　飞过
与马祖无关　它的影子　静止
在我心上　那些　消逝了的　事物
和死去的　时间　也是这样
直到　有一天　我也消逝

3

如雪的　浪　雾霭　泡沫
涨潮　退潮　云　不断　改变着
形状　还有　白色的　栏杆
和过往的　行人　最终　将进入

永恒的　沉寂　没有人　看见

4

如同　这世界　诞生　变化
然后　有一天　毁灭　消失
我的　你的　我们的
没有　美好　丑恶　没有
记忆　只有　沉寂　空白　沉寂

5

我们　在　大海边　交谈
我们　对着　虚无　说话
这一切　终将　消逝　但此刻　蛙鸣
月光　雨声　和禅意　也有　小津
与阿巴斯　但仍然是　空寂

2011. 2. 16

《咖啡时光》

> 导演：侯孝贤
> 2003，日本

一

我看见她时，她在阳台上晾着衣服
我喜欢那女孩，素净，从容，毫不造作
她坐电车，轻轨，走过东京的街景
来到那家旧书店。她在找寻着什么？
或许只是一点往昔的宁静，带有
阳光、书本和旧梦的气息？

二

我喜欢那女孩。一青窈
一个歌手，化身为自由撰稿人
喜欢在咖啡馆里消磨时光
老式的咖啡馆。里面飘出
淡淡的香味。咖啡机闪亮
让日子在夏天的午后静静流转。

三

生命宛如一杯咖啡，要细细研磨
和慢慢品味。现在她要开始一种

全新的生活。可爱的女孩
她需要梦想,或许她就是梦想
而我正在听你的歌,喝一杯咖啡
想着另外的一些事情。

2011. 2. 21

《吸血鬼》

  导演：卡尔·德莱叶
  1932，丹麦

今天晚上，很好的月光。看上去
就像是白天。阴影在废圮的花园中
爬行，树枝上长满了羽毛。黑夜
墨水般渗开，浸染着我的房间。
有人在挖着什么，空气中有泥土的气味。
当最后一班电车驶过，沉寂。
我在书橱中搜寻着一本书，关于
真理和解救之书，但没有找到。
一些书在梦中喃喃自语，另一些
变成了纸的尸骸，有的是僵尸
今晚的满月可能会唤醒它们。
此刻我是爱伦·格雷，一个热衷于
探知神秘事物的人。在这个夜晚
事情变得有些诡异。他是谁？他在挖些什么？
——今天晚上，很好的月光，但看上去
有些陌生——我只是看到
他的影子，和挥动着的铁铲。
空气中有泥土的气味，泥土和死亡的气味。
鸟儿们睡了，天空中布满蝙蝠的翅膀。

我的身影在树荫中游荡，女人们
戴着面纱，我看不清她们的脸。
但她们有着尖利的牙齿
但她们有着惊恐的梦。
当我推开那扇门，跨进
那条深深的甬道，她们发出的
尖叫，划破黑夜的皮肤。
古老的邪恶。我们吸食着别人
也被别人吸食。我们每个人的身上
都潜藏着难以愈合的伤口。
而世界就是一道巨大的伤口，
更像一场我们身处其中的噩梦——
这说法其实并不精彩，但真实，正如
我们的人生、历史，或这个故事——
我们的恐惧不安，我们的相识
和相食，都发生在这场梦中——
我们相拥，呻吟，却无法醒来。

2011. 2. 23

《放大》

　　　　导演：米开朗基罗·安东尼奥尼
　　　　1966，意大利

让它们显影，放大，然后
我们就能看到上面的
一些斑点。它们透露出
某个不为人知的秘密，甚至是
罪恶。你无法把它们抹去，尽管
它们不会成为证据——
但注定扩展成一具尸体
带有我们生命和爱情的痕迹。

你忘了那年夏天说过的话
夏天或是晚春。的确
你有过太多的承诺，正如我有
太多的期盼。现在这些都过去了
一队人唱着歌走过，他们
也许去参加某个集会，或婚礼
那场虚拟的球赛仍在进行
没有球和球拍，只有动作
但草地和球网是真实的。

对于真相我们一无所知。
我的探究也最终徒劳无益
我只是记录下我的
疑虑和惶惑。你有太多的梦
此刻你把它们穿在了身上
像T恤。显然它们并不合体
然而足以遮蔽住
那些不合宜的隐秘。

2011. 2. 27

《雨》

　　　　导演：伊文思
　　　　1929，荷兰

哦亲爱的伊文思，你的那场雨
（尽管只有十分钟，却下了
将近一个世纪）淋湿了我
不仅仅是我，还有更多人

在这之前，我遭遇到另外一场雨
当沿着阿姆斯特丹的河流
拖着行李箱，寻找一家可以栖身的
旅馆，我和另一位诗人

但到处客满。荷兰就是以这种方式
欢迎着来自陌生国度的诗人
我们从傍晚走到夜深，当然
也在皇宫前的酒馆喝了两杯啤酒

样子就像流浪汉。那场雨
淅淅沥沥地下着，直到第二天
我们离开，去晴朗的法兰西
为此我放弃了参观凡·高纪念馆

事实上，我并不那么喜欢他
（我喜欢塞尚，克利和巴尔蒂斯）
在偌大的一座城市，几乎
找不到一座屋檐可以避雨

我们几乎可以说是逃开的
但那次行程——从德国到法国
留给我最深印象的还是那场雨
我们没有伞，没有雨衣

也没有体会到你在片子里
精心展示的诗意。你用同样的方式
拍摄了另外两部关于中国的片子
但命运远远好过安东尼奥尼

是的，唯美没有错，在生活中
有时要用一点幻觉来安慰自己
或他人。也需要在痛苦中找到
一点美。但罪恶呢？我想

没有人会歌颂奥斯维辛。是的
而更加前卫的雷乃拍了一部
名为《夜与雾》的纪录片。无论如何
奥斯威辛的雨并不诗意。

还有古拉格群岛，或卡廷森林。
花朵般绽放的雨伞（看上去
是那么美），仍然无法抵挡罪恶的子弹
它曾深深地击穿我们的世纪——

现在你死了，飞翔的荷兰人，
在另一个世界，你看到了什么？
那里是否会下雨？你是否被淋湿？
在对尘世的凝视中，欣喜，还是惶惑？

2011.3.4—5

《一个半房间》

> 导演：伊利亚·赫尔扎诺夫斯基
> 2009，俄罗斯

布罗茨基再也没有回到圣彼得堡，
就像但丁没有回到佛罗伦萨。
他说，"那是世界上最美的城市"
我想但丁谈起佛罗伦萨也会这样说。
他再也没有回到圣彼得堡，直到死。
伟大的阿利吉耶里也是一样。
我没有去过那里。他出生时那里叫
列宁格勒，后来改回了圣彼得堡。
有太多的曲折，太多的世事变迁
但没有人能够说得清楚。
他再也没有回到圣彼得堡，直到死。
而当他幽灵的身影游荡在密执根校园
或是纽约街头的人流中，他思念着
涅瓦河中楼房和树木的倒影，以及
冬天河畔厚厚的白雪。他思念着
他年迈的父母，他们再没有见到他。
回家的路是多么艰难，远远超过
尤利西斯经历的磨难。他再也没有
回到圣彼得堡，再也没有回到他的家。

2005年我在威尼斯的圣米歇尔墓地
看到他的墓。享受着地中海午后的阳光
但仍然是身在异乡的漂泊者。

2011.3.8

《潜行者》

导演：塔科夫斯基
1979，俄罗斯

危险而神秘。我们被告知不可进入。
那个区域，他们命名为禁区。

是谁创造了它？里面有些什么？
我们徒然想象着——

直到有一天我们偷偷闯入
但看到的只是野草，废弃的房屋

水漫过往昔的地面，鱼在旧物间游动。
没有我们期待的奥秘——

只有宁静，一切变化着，直到成为残骸。
——我们世界的影像，或隐喻？

我们在寻找什么？那个空房间
真的有我们企求的真理，或梦想？

Иди ко мне! 谁在召唤？水波上日光闪烁。

圣像淹没其中。弹簧，钟表的零件。

"等你到了，你会发现那里
根本没有什么。"除了一只怪鸟飞去。

而那些关于真理的交谈，很快
将会被无尽的寂静淹没。

一只黑狗出现，追随着我们。
而我们是谁？没有自我，甚至名字——

"A. T."的缩写在警察的帽盔上——
维持着虚拟世界的秩序。

真理或许只是上帝才有的权力——
那中心我们永远难以抵达。

我们生活在此岸。我们拥有的
只是回忆和梦境。我们拥有的

只是生活，而不是生活的意义。
虚幻的希望，臆想出的痛苦。

而当我们真的具有了超能力
也不过是移动桌子上面的水杯。

Иди ко мне：俄语，到我这来。

A. T.：可以看作导演名字的缩写。

2011. 3. 11

《纳尼亚传奇：狮子、女巫和衣橱》

导演：安德鲁·亚当森
2005，美国

我们每个家庭都有一个衣橱，
我们每个人心中都有一头狮子。
那是我们纯真的国土。那里天空晴朗
水清澈得可以看到下面的鱼和石子。
我们和动物亲密无间，我们不去
伤害它们，它们也不会吃掉我们。
我们打败了坏女巫，清除掉
她带来的冰雪。我们心中有爱
有爱才会有希望；我们的生命
也会因此而变得美好——
C.S. 路易斯六十年前记录下了
这段历史，安德鲁·亚当森把它拍成电影
如同《魔戒》，它教会我们怎样
战胜邪恶，只要怀着必胜的信念。

2011.3.13

《洛杉矶之战》

导演：乔纳森·理贝斯曼
2011，美国

我们正在受到攻击
我们开始全线溃败
我们的敌人不知来自哪里
但显然他们占了上风
我们的城市陷落
变成了一片火海
到处是废墟，尸体，燃烧的汽车
和丢弃的武器
我们的敌人不知来自哪里
但它的名字叫作邪恶
也许它就隐藏在我们中间
伪装成朋友或是救主
现在我们必须抵抗
我们必须打败它们
死亡是我们唯一的选择
我们有过太多的末日想象
却从不曾会料到如此悲壮
也许这不是最后的战役
也许这只是一个象征

无疑有太多的苦难
会让我们承受——
但此刻我们必须醒来，夺回
天空，河流，梦想
和我们的自由。

2011. 4. 21

《通向绞刑架的电梯》

> 导演：路易·马勒
> 1958，法国

也许我该描述一下那部电梯。
看上去像一个盒子，盒子或棺材。
闪亮的金属外壳，成排的按钮
和电子显示屏。最新的款式
当然，就那个时代而言。它通向最高层
西蒙·卡瑞拉——仍然是上升或下降，但这次
似乎不同——我们早就习惯了速度
难得有时间放慢脚步，欣赏
周围的景色（它们将很快消逝
连同一些更古老的事物）。但此刻
他有更重要的事情要做：杀死西蒙——
老板，或情人的丈夫，为了自由
（依照故事所说）、金钱和欲望
他几乎成功了，我是说
在杀人之后成功地脱身——
却被困在那部电梯里面
一个多么艰难的夜晚（外面是
另一个世界，浪漫的巴黎在展示
她闪亮的晚礼服）。这里没有月亮

没有街头栗子树和咖啡的香气
那部死寂的电梯,将会带他来到
绞刑架前——像罪恶一样古老的刑具——
多么不幸,一个偶然的失误
就会改变我们的一生,或许这就是命运
现在他有足够的时间来思考
(他是否后悔没有支持废除死刑?
而路易·马勒将由这部电影成名)
现在我们总算清楚了事情的结局
清楚了那部电梯,只是命运的化身
或载体。它提醒我们注意细节,却忽略了
我们内心固有的罪恶——
它驱使着我们跨入电梯,不管通向哪里。
我们人生的空白,要由它们来填写
只是有时需要某个契机,或电梯。

2011.5.15

《纽约，我爱你》

制片：埃曼纽·本比
2009，美国

1

有谁会不喜欢纽约？我想没有人
除了本·拉登和他的追随者
事实上，如果可能，他们也会
爱上这个他们憎恨并不齿的城市
教义是说给别人听的，另一方面
憎恨正是因为得不到。但我欣赏
那个卖钻石的耆那教徒，他和波特曼
快要嫁人的犹太女孩，谈着食物和禁忌：
"印度教对我来说太唯物了
我们不吃猪肉，不吃虾，还有
洋葱和大蒜。避开太辣的食物，以免
刺激激情。基督徒什么都吃
你怎么能相信什么都吃的人呢？"
他本该在洞穴里冥想，但为什么
要在这里开店，经营着爱情和生意？
在驶往罗得岛的游轮上，一个印度男人
注视着周围的风景，我注视他娴静的妻子
照料着在甲板上嬉戏的儿子，不时

抬头望上一眼远处的女神像
一只鸟落在船舷,然后振翅飞进天空
"这正是我喜欢纽约的一点,每个人
都来自不同的地方。"克里斯蒂如是说

2

只是短暂地在纽约住过几天
卡尔顿旅馆。麦迪逊大道,临近二十九街
如今它已被拆掉(是否被强拆?我担心)
同样消失的还有世贸大厦,在下面
我们抽了根烟,聊上一小会儿,但没有拍照
天气很好。阳光在树影中跳荡。走在纽约街头
来自不同国度的诗人,淹没在人流中
彼此陌生着。不会有街头诗意的邂逅
也不会有克里斯蒂娜推开你的门,扮演
温柔的拯救者。这是纽约。有梦,但没有奇迹
和朋友们见面,交谈,在一家中餐馆里
喝着来自国内的白酒。同样来自国内
她嫁给了行为艺术家,现在有了
曼哈顿的房子,和一辆崭新的奔驰
想到了兰姆,和他笔下的敲门声——
《珍珠港》正在首映。仅仅过了三个月,不
还不到三个月,我在深夜的电视新闻中
看到那架飞机从大厦中间穿越而过
恍然以为在看一部高成本的电影

3

好几次我们穿过中央公园
免费开放。美丽的树。有人躺在草地
晒着日光浴。那是六月。在一家餐馆享用着
一顿丰盛的晚餐。古根海姆艺术馆
当然还有大都会。一些小学生
坐在台阶上,吃面包,喝着可乐
等着老师带他们进去参观。纽约也下雨
下雨或晴天。它的月亮在摩天大楼的上空
显得孤独而落寞。但这并不能成为
我们喜爱或不喜爱它的理由
"关键是你看待事物的方式。"这是纽约
它实在太大了。而在一棵粗大的树下
毛头小伙在和轮椅女孩做着爱
她假扮成残疾,并把自己挂在树上
以便确立一个正确的姿势,或立场
(没有风化警察和戴袖章的居委会大妈)
但这神话不属于我。这是他们的纽约
同时享受着艺术和性,她制造出
甜蜜的骗局,或甜蜜的奇迹

4

旅馆的光线寂静。近于哈莫修依的画
适于怀旧,但没有花。朱莉·克里斯蒂
来到这里,她的青春已逝。我喜欢

她的眼睛,仍然明澈,蓝色或浅灰色,像爱玛①
那个男招待也是。"能用花来装饰一下吗?
紫罗兰,或——"当她穿过光洁的走廊
爬上雕刻精美的楼梯。也许我同样错过了
我的人生。"我之前盼望着下雪,这样
街道会很安静,整个世界会很安静"
大厅里几扇高大的窗子,衬出了
窗口的那架钢琴。我喜欢那偏于白色的调子
安慰着她,男招待拖着畸形的身躯
走进窗前那团模糊的白光,消失。他被发现
躺在了街道上。一个年老的男人出现
"夫人,要不要关上窗?"同样彬彬有礼
"经理在巴黎听过很多次你的歌唱,记得
你喜欢紫罗兰。他仰慕你。"也许
男招待并不存在,只是想象中的产物
如同读者,那些喜欢或憎恨我们的读者
我们的要求有时就是那么简单:一束花
一个眼神或微笑,一点点爱意——
但有时我们的要求无法满足,即使
整个世界(或纽约)摆放在我们面前

5

小偷遇到了更高明的盗贼——
失去身上的钱,却赢得了女人心

---

① 爱玛:《包法利夫人》中的女主角,她的眼睛能从不同人看到不同颜色。

帅气的克里斯滕森挑战着
年老的安迪·加西亚。这就是纽约
伊桑·霍克在街角抽烟,和女人搭讪
十足的侃爷,甜言蜜语挑逗着 Maggie Q
他为她点烟:"刚才可算是亲密接触
我是说,我们共用一个火苗,很暧昧
我注视着你,你缓缓地抬起头,我们的
目光相遇。我们分享着这个火苗
成千上万个分子加热升温,穿透
我们的思绪,激发我们的性欲。"
"你是电影演员吗?还是喜剧演员,你肯定是
喜剧演员。""不,呃,我算是作家。那你呢?"
"我是个妓女。"Maggie Q 说,然后
递给他一张名片。我们是否和霍克一样吃惊
或失望——诗歌为什么不能直奔主题
为什么要在一些日常的琐事和细节上
兜着圈子?问题在于,是否有明确的意图
或主题,供我们言说,或把握真理?
诗歌无非是甜蜜的谎言,如霍克在影片中
说出的,用来骗骗别人,或自己
却不会转化为行为,或前戏——
但小心不要有这样的遭遇:猎艳的
花花公子遇上妓女,并让自己成为猎物

2011.6.19

《飞屋环游记》

导演：彼特·道格特
2009，美国

这不能算是一个奇迹。
很久以前我就这样做过。
只是在想象中。
气球带着我们飞行，还有
我们的房屋，梦，和一只猫。
它仍在熟睡，吃了太多的鱼。

我们在天空种着罂粟，灿烂
像晚霞。而晚霞在图画本上。
在另一些梦里，我长出了翅膀
那是很久以前的事了。现在
我只记得几种植物，却了解
更多的食物。我们的翅膀
萎缩，或变成利爪，用来攫取
攻击别人，或是自卫。

终于他抵达了童年的梦想。
这很好。但那里仍然有坏人。
尽管用我的眼光来看并不算很坏。

景色仍然宜人,还有天气
和我们当初设想的一样。
未来和怀旧牵着手等在那里
像一对姐妹花。还有那个胖男孩
童年时的我,虽然并不完美。

的确我们太需要这些了。一个
精神上的家。新换的床单,沙发
打了蜡。房间里有熟悉的
妈妈的气味。现在我们似乎
可以放心地睡下了,不用数羊
不必害怕那些机器恐龙
它们的牙齿曾在无数个夜晚
闪闪发亮,惊扰着我们。

2011.7.6

《香奈儿的秘密情史》

       导演：扬·高能
       2009，法国

脱光了衣服她仍然是香奈儿。
她是她自己的品牌。
裸着身子和斯特拉文斯基上床，
喘息声盖过了他嘈杂的音乐。

后者来自革命后的俄国。
流亡音乐家，挑战着资产阶级趣味。
"蔑视你的读者"。我喜欢。我既非左派
也非右派。我同样反对无产阶级趣味。

2005年我去威尼斯，在米凯莱墓地
找到了布罗茨基和庞德的墓
听人说他的墓也在那里，却没有看到。
两个诗人隔着一条小路，距离并不很远。

2011.10.10

《爱你如诗美丽》

> 导演：罗贝托·贝尼尼
> 2005，意大利

C 爱 A，而 A 爱 B
后者却跑到了巴格达
那里在打仗，她病倒了。
A 追到巴格达，救了她。
A 是诗人，终于 B 爱上他。
俗套的三角恋，但仍然动人。
似乎里面所有人都爱诗人
尽管他们都不爱诗
这就出现了某种逻辑问题——
其实这不过是一个简单的
谎言，简单而美丽——
在这个狗屁的时代
没有人爱诗，也不会有人
爱诗人，甚至诗人自己
也不会爱上自己——
他们只会写诗，或
拍一两部电影，做一下
精神上的自慰，偶尔
会有几个傻瓜上当。

《深闺疑云》

> 导演：阿尔弗雷德·希区柯克
> 1941，美国

花花公子加里·格兰特娶了
美丽的富家女琼·芳登。
这是我所知道的情节。他们相爱
但似乎过得并不愉快。

格兰特更爱不劳而获，当然
他有时要动用一点脑力。
他的骗术在今天看来并不高明
但对女人魅力还算得上一流。

芳登最终投进自己设下的圈套。
用自己的生命作为诱饵和赌注。
美丽的女人总会被美丽的谎言俘获
明明知道，却心甘情愿。

我猜得到故事的结局。
我想说的是，故事里有男人和女人
还有一只可爱的狗。当然也有
希区柯克的诡计。但仍然听命于他的上帝。

这构成了一个完整的世界。现在芳登死了
格兰特也死了。当然还有那只狗。我为它难过,
它无辜地卷入那场阴谋。希区柯克也是一样。
只有我还活着,在看,像一个偷窥者。

2012. 3. 25

《乳臭小儿》

    导演：弗朗索瓦·特吕弗
    1958，法国

我们有过相同的童年岁月。
那时天很高，很蓝。云很轻，很白。
我们出没在小河边，荒草间和街巷中
游戏，或打着群架。更大些的
放肆地向走过的女生吹着口哨
我们则跟在后面，然后跑开——
我们的愿望是一副墨镜，只是为了
遮掩我们内心隐秘的冲动。
童年岁月总是那么漫长，长得让我们恐惧
担心着自己永远不会长大，而长大
是我们全部的希望。我们的青春期
过早地降临，每个人心中都藏着
一个不安分的魔鬼。常常感到莫名的愤怒
我们攻击女生，折磨小动物
向别人家的院子扔着石头。
那个夏天，云从水塘上掠过。一只猫被溺死。
邻家的女孩的辫子变得乌黑。
幻想着自己有一天成为王子，或从魔法中
解救出某位公主。对于我们，爱过于神秘

也耻于从嘴里说出。更多的时候
它是一种伤害
哦青春，残酷而忧伤——
就像电影中的那群孩子，骚扰着
伯纳蒂特·拉方特，和她的恋人。她十八岁
在那个清早，她骑着自行车轻快地驶来
淡淡的光晕围裹着她像白色的衣裙。
五十多年过去了，一切没有改变——
似乎时间在青春和美丽面前无能为力。
是的，它——我是说这电影——带给我们的
是青春，或失去青春的全部记忆。

2012. 5. 16

《东尼泷谷》

　　　导演：市川准
　　　2004，日本

她不断地添着新衣服
直到整座房子变成了试衣间
对于她，衣服不仅仅是装饰
更是生命的外形和依托
而当她放弃了这一癖好
生命自然也就走到了尽头
愚蠢的东尼，他只好雇了
同妻子外形相似的女人
每天穿着妻子留下的衣服
（他又真的是幸运）
但她为什么会哭？震惊，感动
或无法理解衣物的堆积如山？
"我想我只是有点混乱而已"
每个人都是这样。我们的时间和生命
就是由一件件心爱之物
拼凑而成。而那些衣服，挂在衣架上
美丽而轻盈，就像是女主人
或她的灵魂。是他杀了她吗，一个无辜的蓝胡子？
可怜的东尼，如果我是他

如果我娶了宫泽理惠
这样漂亮的女人，我会
每天都让她换上一件新衣服
把她打扮得花枝招展
陪她散步，看她做家务，和她上床
让那些女权主义者们彻底绝望
因为我知道，生命只有一次
每一个都无法替代。而那个替身
只是一个虚幻的镜像。现在主体离去了
只剩下那些漂亮的衣服
它们空了，只是徒劳地
模拟着女主人的姿态，
美丽，孤独，充满哀怨

2012. 6. 3

《银娇》

> 导演：郑址宇
> 2012，韩国

她在他衰老的身体上画着彩绘
青春的气息透过洁净的肌肤
向他袭来。当她擦拭着玻璃
他的手在另一面触摸她的脚踝
岁月像玻璃一样隔开他们
证明着生活是多么残酷。那些
逝去的青春，吻和甜蜜的喘息
就像忘川河畔鲜红的罂粟

2014.8.29

《上帝帮助女孩》

  导演：斯图尔特·默多克
  2014，英国

穿深蓝色的外套的女孩

穿咖啡色的夹克的女孩

穿白色开领衫的女孩

穿黑色T恤的女孩

戴角质眼镜或不戴眼镜的女孩

戴贝雷帽或不戴帽子的女孩

背着双挎包或不背挎包

衬着城市不同场景的女孩

（忘记了是从医院里溜出）

其实是同一个女孩

她脚步轻快地走着

在哼唱一支曲子

我不知道歌的名字

但似乎很好听

这是她自己写的

其实是同一首歌

这名字乍听上去

有一点熟悉，就像

同一个世界，同一个梦想

但梦想怎么会一样？梦是
自由心灵的产物，否则
就会是噩梦，比如
天空中挂满死者的身体
或树木变成狼群
但这个女孩很可爱
像个空气中的精灵
她的眼睛是棕色的
有时又像是灰色的
我们都喜欢她
哦愿上帝帮助这女孩
我也愿意帮助她
尽管我不是上帝

《他是龙》

导演：因达尔·詹杜巴耶夫
2015，俄罗斯

谁在唤醒我们，用音乐？听上去很美
仿佛塞壬发出的声音。在我的内心
也沉睡着一只怪兽。凶猛，暴烈
像六月里的暴风雨天气。听上去很美
我是说那歌声。它是痛苦的产物
有时暴烈，也并不完整。像那只怪兽
我们的另一个自我。当老套的故事
又一次被讲述，只是用来抚慰着他
让他沉睡，或变得温柔。经历了太多
我们已忘记了如何去爱，恋人，世界
和我们自己。老套的故事，却仍然
有效。爱，谎言。它唤醒，并让它
变得温柔：世界，怪兽，或我们自己
但我们忘记了如何去爱，也不曾
承受到爱。现实，伴随着我们的想象力
一道枯萎。尽管故事一再被讲述
听上去很美，那歌声，由我们发出
但事实上早已不再属于我们

阿克苏行纪

在这里月亮是沙漠的颜色
而沙漠是消失了的绿洲
和死去的时间
道路满是尘土。盛夏的植物
却仍旧发黄,只是沙丘间的
一丛丛骆驼刺和棘棘草
在车窗外不断闪过。但红柳开得耀眼,事实上
花的颜色是粉色的,据当地人讲
到了霜降,整个枝干会燃成红色,亮得耀眼
七天的行程,穿越了几千年的历史
震惊于这无边的浩瀚
和奇异的美
但我在追寻着什么?
又该如何描述这场旅行?

驾着八匹骏马的车子
　　　周穆王在云雾间飞行①

---

① 根据《穆天子传》记载,周穆王喜爱游历,曾驾着八匹骏马的车子西行到昆仑山,在瑶池与西王母饮宴,并作歌唱和。

这梦美丽而缥缈

在我看来，瑶池和西王母

只是西域美的象征——

这里有另一片大海——

白色的龟兹，丝绸北路的中道①

中道在哲学中有着另外的含义②

而阿克苏城则为汉代的姑墨③

从那时，或许更早，夕阳里

驼队——沙漠之舟——投下长长的影子

缓缓移进了大漠和时间

在历史的深处沉积

最初佛教——据称——是从这里传入

源于东汉明帝一个金色的梦④

"伽蓝百余所，僧徒五千余人，

---

① 丝绸之路在新疆按其路线分为南、中、北三道。据说中道起自玉门关，沿塔克拉玛干沙漠北缘，途经罗布泊（楼兰）、吐鲁番（车师、高昌）、焉耆（渠犁）、库车（龟兹）、阿克苏（姑墨）、喀什（疏勒）到达费尔干纳盆地（大宛）。现阿克苏地区（包括库车）就在这条线路的中央。中道同时也是佛教术语，谓所说道理，不堕极端，不落两边，即为中道。
② 玄奘在继续西行前答应高昌国王麹文泰，从印度回来一定要到高昌宣讲佛法。但就在他准备返回时，高昌被唐朝所灭，他于是改道回国。
③ 阿克苏在西汉初期为姑墨国。汉神爵二年（公元前60年），归西域都护府管辖。魏晋南北朝时期受龟兹辖控。唐代姑墨为龟兹都督府管辖下的一州。
④ 《后汉书·西域传》载有东汉明帝梦佛之事："世传明帝梦见金人，长大，顶有光明，以问群臣。或曰：'西方有神，名曰佛，其形长丈六尺而金黄色。'帝于是遣使天竺问佛道法，遂于中国画图形象焉。"据说佛法自此传入中国。

习学小乘教说一切有部。

经教律仪，取则印度"

玄奘在《大唐西域记》中这样写①

苏巴什佛寺的遗址中有他的讲经台②

而鸠摩罗什去了长安，译经传法③

如是我闻。我晚来了上千年

呗呐声中断了

但追随着向导的脚步

我从明屋达格半山间的一个石窟

进入另一个石窟，借助手电的微光

观赏色彩绚丽的壁画

时间和劫掠使它们成为残迹

并一度没入黄沙和荒草

却仍然可以想见往昔的辉煌④

在山下，克孜尔河、木扎提河

---

① 龟兹盛行佛教，玄奘在《大唐西域记》卷一中记载，"屈支（即龟兹）伽蓝百余所、僧徒五千余人，习学小乘教说一切有部。经教律仪，取则印度"。可见当时西域也是佛教传入中土的必经之地。
② 苏巴什佛寺旧称昭怙厘大寺、雀离大寺，在库车县城偏东的确尔达格山南麓。在《大唐西域记》中有关于此寺的记载，相传玄奘本人曾在此讲经，遗址中有玄奘讲经台。
③ 鸠摩罗什祖籍天竺，生于龟兹，很小就出家，后游学天竺诸国，遍访名师。后秦弘始三年（公元401年），后秦国君姚兴派人将他迎至长安，从事译经，成为一代著名的佛经译者。
④ 明屋格达半山间是著名的克孜尔千佛洞，我国开凿最早的大型石窟群，据说始建于公元3世纪（东汉末年），以6—7世纪为盛。后受到部分损毁。

汇入渭干大河,克孜尔意谓红色
源于流经戈壁的克孜尔河
它的河水是红的[①]。自然造就了另外的奇观
一场突如其来的雨为我们洗尘,但洪水冲走了
温宿大峡谷中搭起的高台和射灯[②]
或许大自然讨厌任何人工的修饰
然而——看!谁的手在山崖上雕出了千姿百态
绵延十数里,令人目眩
挑战着我们的想象力——
"真的是鬼斧神工。没有任何人
能有这样的气魄和能力"
这样大的手笔,足以令诗人感到渺小
而雨水洗过的天空
　　　　　那么蓝
悬在峭壁上的云朵
　　　　　那么白
在峡谷之上
　　　移动
　　　　变幻
使我的神思变得恍惚

[①] 克孜尔在维吾尔语中意谓"红色"。
[②] 温宿大峡谷为新疆天然奇观,位于天山山脉南麓,在温宿县博孜墩乡境内,有"活的地质史教科书"之称。当地曾在峡谷中搭设舞台,准备召开诗歌朗诵会,却被一场突如其来的大雨冲垮。

陶醉于多浪的木卡姆①

当地维族的古稀老人唱出

热烈而苍凉的歌声

伴着他们的舞蹈

扬起手臂转动着，仿佛从生命深处迸发

带着大漠的月色和风尘

刀郎（并非那位流行歌手）是他们另外的名称②

而克孜尔汉代的烽燧③，拉近了

当下同历史的距离

似乎一切就发生在昨天

如今只是一堆高高的黄土，却仍在

孤独地守望着

而当年的守望者在哪里？

"不管他是谁。黎明时他看到皱起的群山

灰烬般的颜色，在融化的黑暗之上"④

这里是沙漠的边缘

   和文明的前哨

生命和遗忘

   在这里抗争

---

① 多浪木卡姆为新疆著名的歌舞艺术，阿瓦提县的多浪木卡姆独具特色。
② 多浪又可译为"刀郎"，歌手刀郎即借用了这一名称。
③ 克孜尔烽火台在库车以北盐水沟东侧，保存比较完整，被考证为汉代边防报警的烽火台遗址。
④ 这里借用了米沃什《寂寞研究》中的诗句。这是诗中一位沙漠守望者眼中的景色。

"那火光将从
　　　特洛伊带来消息"①
　　但如何理解这一切——

　　登上苏巴什寺玄奘的讲经台
　　——记载中的昭怙厘寺②——
　　四周苍莽,遍地是砾石
　　远处几抹绿色,"那是维族人的村庄"
　　公元628年,他偷偷离开长安西行
　　发愿不到天竺,誓不东归
　　他是偷渡客③,但在这里受到了礼遇
　　并就佛法展开了一场辩论④
　　一些年后,厚待他的高昌国⑤
　　被侯君集的大军攻陷
　　(笃信佛教的麹文泰
　　　　在兵临城下时被吓死
　　　　　　当初他又如何敢向

---

① 这是古希腊戏剧家埃斯库罗斯《阿伽门农》中的台词,由烽火守望人说出。原句为"今夜里,我照常观望信号火炬——那火光将从特洛伊带来消息,报告那都城的陷落",罗念生译。
② 昭怙厘寺是苏巴什寺的旧称。
③ 据慧立《大唐大慈恩寺三藏法师传》,玄奘为到天竺求取真经,"结侣陈表,有诏不许",因此他一个人偷越国境。中途迷路,所带之水尽失,于是想返回取水,但很快打消了念头,"宁可就西而死,岂东归而生"。
④ 《大唐大慈恩寺三藏法师传》卷二载,玄奘在屈支(龟兹)曾就佛法与当地高僧木叉毱多展开论辩,辩才无碍,令对方"叹畏"。
⑤ 高昌是汉族在西域建立的佛教国家,位于新疆吐鲁番东南,是古时西域交通枢纽。玄奘在高昌受到国王麹文泰的隆重礼遇,与他在国内的境况形成鲜明对比。

268　看电影及其他

强大的唐王朝寻衅①？而太宗皇帝
对佛教基本上是个外行）
这或许改变了他的归程
我是说玄奘，其时他已誉满天下
但没有找到他在这里讲经的文字记载②
当时他看到的和我看到的注定不同
却只是一个硬币的两面

塔里木河，脱缰的野马，如今已经断流③
我从桥上眺望干涸的河床
想象着它宽阔奔涌的时光
"我听到了暴风雨"，耳聋的
贝多芬在大声吼叫
他扮演了荒岛上普洛斯彼罗④的角色

---

① 高昌国王麴文泰受欲谷设的胁迫，助其出兵攻打焉耆，并封锁一切向东的道路。焉耆的使者向大唐求助，于是李世民令侯君集为将率军攻打高昌。麴文泰在唐军到达前病死，侯君集的队伍没有遇到任何抵抗就占领了高昌。麴文泰之子麴智盛被押解到长安。唐灭高昌，更多是出于战略考虑，不一定是高昌威胁到其安全。
② 关于玄奘在苏巴什寺讲经的事情，很多人表示怀疑。因为寺院距龟兹都城较远，很多人认为玄奘没有去过那里。
③ 塔里木河是中国第一大内流河，全长 2179 公里，在世界内流河中名列第五。塔里木在维语中意为"脱缰的野马"，更被新疆人称为母亲河，当我们见到时，已经断流，牧人赶着羊群从干涸的河床上走过。据知情人讲，由于河水改道工程，要用河水去浇灌沙漠，导致了河水的干涸，但却没有得到印证。
④ 普洛斯彼罗，莎士比亚戏剧《暴风雨》中的人物，原为米兰公爵，其弟篡位后被放逐海岛，与女儿米兰达相依为命。他在岛上施展魔法，制造了一场暴风雨，来实现复仇计划。

用音乐的魔法建造了一个世界
但理性是另外的魔法,它的膨胀
最终将会在自身中迷失——
塔里木河不再奔腾
干涸的河床上牧人放着羊群
一群白色,一群黑色
掀起了一阵阵沙尘
而走进沙雅那片枯死的胡杨林,仿佛
进入一次战役后的沙场①
每一具死去的躯干都是一个墓碑
　　　　　　　　或雕塑
(更像士兵累累的白骨)
它们用不屈的姿势
诉说着战事的激烈和英勇

两位当地的维族人,老人和他的儿子
弹着沙塔尔,唱出一支忧伤的曲调②
毛驴车就停在他们的前面
在库什和沙雅,见到过很多这样的
毛驴车,它们代表着一种传统
　　　　　　　　抑或是美德

---

① 塔里木河断流导致沙雅县境内的大批胡杨树枯死。胡杨是最为古老的树种,在1亿3000多万年前就生存在地球上,为落叶乔木,树高15—30米,根可以扎到22米以下的地层中吸取地下水,并深深根植于大地,能贮存大量的水分,忍受荒漠中干旱、多变的恶劣气候。
② 两个维族歌手在枯死的胡杨林里弹着沙塔尔,唱出一首悲伤的歌。他们是父子,歌是他们自己编唱的,歌词大意是:母亲河死了,我们该怎么办?

他们倚着枯死的胡杨树

歌声在死去的胡杨林上空飘荡

我抚摸着毛驴的耳朵

发现了雅姆的一个错误①

而斯文·赫定曾在这里寻找着新疆虎

但他的行程和我的一样短促②

在塔克拉玛干沙漠

他的皮靴救了探险队员的命③

他发现了楼兰,一个早已消逝的古国

现在它的幽灵困扰着我们

    带来了谜和启示

但如何理解这一切?谁来

   破解这密码?

少了鼻子的斯芬克斯在沙漠中

---

① 法国诗人雅姆写诗赞美过驴子,约略记得他说过驴子的耳朵柔软得像少女的手臂。我在听歌时抚摸着毛驴的耳朵,发现它们很硬。雅姆的诗句没有去查,也许是我的记忆有误。

② 探险家斯文·赫定曾经来到沙雅,寻找新疆虎的踪迹。但当地官员只允许他短暂停留,三天后便带着遗憾离开了。这和我们在沙雅的时间接近。

③ 1895年,斯文·赫定的探险队进入有"死亡之海"之称的塔克拉玛干大沙漠,遭遇了一场从未经历过的大沙暴。由于没有水源,探险队最后只剩下了斯文·赫定和他的一位助手。赫定出去找水,在绝望中发现了一个沙漠中的水潭。他用自己的皮靴盛满了水,带回给助手。那次旅行后来被称为"死亡之旅",水潭也被命名为"救命的水池"——人们也叫它"斯文·赫定水池"。而那双靴子,至今仍然陈列在斯文·赫定纪念馆。

猜得中就活，猜不中就死
身披披风的年轻骑士寻找着圣杯
　　　　　或启示
但命运在他的身上产卵
从卡桑德拉美丽的眼睛里
　　　　我读出了忧伤
"这灾难也倒在那只杯里了"①
——"她虽然做了奴隶
　　　　心里却还保持着
　　　　神赐的灵感"②

哦阿伽门农的胜利，或失败——
的确我们应该重回顾
我们走过的道路。它埋葬在
漠漠黄沙中，眼前的也是一样
在一捧尘土里，我们能找到些什么？
在我看来，自然应该是
　　　　自然的样子
而那些旧日的文明，是否真的
　　　　已经死去，抑或绵延着——

---

① 埃斯库罗斯《阿伽门农》中卡桑德拉的独白。卡桑德拉是特洛伊公主，因为拒绝了太阳神阿波罗的追求，被诅咒为一方面具有预言能力，另一方面又没有人相信她说出的一切。在剧中她预见到了阿伽门农不幸的命运，却无能为力。
② 《阿伽门农》中歌队的合唱。"她"是指卡桑德拉。特洛伊陷落后，她成了阿伽门农的奴隶。

让我们从中发现新的契机?
文明的本质在于包容,而不是
冲突。亨廷顿的舞蹈症①
也许,他是个不错的学者
正如艾略特预示着荒原
他呼唤雷霆之声:克制,施予,同情②
说实话,我不喜欢那种极端的立场
或是用一种文明
   来排斥另一种文明

意义的存在或许正是在于这种差异性
差异即意义③,罗兰·巴特写道
——死于一辆巴黎的运货卡车,但他的
符号学却被广泛地复制——
正如南疆不同于北疆
或西域不同于中原
而这些造成了我们此行的契机

在月亮湾(一个清澈的水塘)搭起的凉篷旁
一场婚礼正在进行

---

① 亨廷顿,美国学者,因提出"文明冲突论"而闻名。亨廷顿舞蹈症是一种显性遗传性疾病,患者神经系统逐渐退化,动作失调,出现不可控制的抽搐。亨廷顿舞蹈症与亨廷顿无关,这里是同亨廷顿开了个玩笑。
② 在《荒原》的最后一章,艾略特用梵文中的三句箴言表明他拯救人类的愿望。他后来成为天主教徒,但在《荒原》中,他表明对不同文化兼收并蓄的态度。
③ 罗兰·巴特在《文本的愉悦》中的一个论断。

（只是风景中的风景）①

在电影和图片中我曾看到——

花毯代替了花轿，新娘坐在上面

几个小伙子抬着，姑娘们舞动着

优美的手臂，在前面引路

我们坐着，吃着馕、手抓肉、肉串和瓜果

我问外面看热闹的小女孩：

"要个肉串吗？"

她说，"给我一只桃子"②

欢快的乐曲一直演奏着

但请不要杀那只羊

它的叫声是那么悲哀③

这里有另一片大海，更加苍凉

      也更加浩瀚

沙漠是死去的时间

而历史是一个巨大的舞台和长廊

但它展示得更多——

---

① 月亮湾归温宿县所属，只是一片不大的水塘。在那里我们参加了一场维族婚礼。事实上，婚礼在前一天已经举办过了，为了让我们了解当地的风俗，婚礼又被重新演练了一次。
② 这是当时的一个真实场面，我们坐在搭起的凉篷中吃着婚宴，周围一群孩子在看热闹。
③ 杀羊的事情也是真实的，当然宴席上的酒肉已足够丰盛——甚至奢侈，完全没有必要这样做。杀羊是一种表演，但看过的人事后都沉默了，据说场面很悲惨。

一个个民族和王朝在这里更迭
　　　　　　　　　变化

　　不变的是这片土地
　　这里归我们共同所有
　　　　　　　而我们属于彼此
　　战乱　杀伐　建设　鲜血化成了
　　红柳，亮得耀眼，像和平
　　或一个警句。而变化即绵延。生活
　　　　　　　　　仍在继续
　　正如那白色的河流，来自天山融化的积雪
　　（或许龟兹因此而命名）①
　　孕育了奇异的美或深邃的意义
　　这里有另一片大海

　　库车应该具有它自身的含义
　　十字路口或通衢大道②
　　这里连结着历史和现实
　　连结着沙漠和绿洲
　　连结着各种不同的文明
　　　　　　　生活和习俗
　　也连结着今天和明天
　　但明天仍在不确定中

---

① 龟兹在维语中有白色的意思。
② 库车在维语里意谓"十字路口或通衢大道"。

它缘于我们今天的脚步
这里有另一片大海
让我们心醉，沉迷
同时保持一种必要的警醒

2009

后　记

　　这个集子所选的是我自2005年到2015年十年间的部分诗作，分为四辑，包括短诗、中型诗、组诗和长诗，而我在2011年至2012年写的一组《看电影》和长诗《阿克苏行纪》则单列为一辑。十年在历史上不过是短短的瞬间，但于一个人来说却不可谓不长，但所余也无非如此：一些诗，不同的心境和感受，一些思考，然而并不深入。总的说来，诗艺似无所长进，但沧桑感却不免加深了。奥登曾经说过诗要诚实，我想这是一首诗首要的品质，如果不能达到真实的话。真实在绝对意义上也许是无法实现的，但对真实的追求确实成为人类不断向上攀升的动力。诚实代表着一种对待真实的态度，是可贵并值得肯定的。应该说，我在写下这些诗时态度是真诚的，也力求能达到某种深度，但也仅此而已。诗歌抒写的是个人的心境和经验，却会折射出一个时代的某些侧面。从这种意义上讲，诗歌应该是严肃的，也是它的意义所在，当然这并不意味着诗歌一定要板起面孔，相反它应该使人愉悦，或者说能够产生一种阅读上的快感。诗同样代表着我们对生活和生命的态度，它不仅与生命的过去相关，也同样与现在和未来相关。现在经常有人说起诗歌见证者的话题，对此我并无异议。诗人们有理由也应该就时代重大或敏感的话题发言，我个人在不同的场合也曾多次强调写作与时代的关系，而且至今仍在坚持我的观点。但同样诗歌也具有某种超越性，忽略这一点同样是不完备的。所谓见证人的角色，如果从更加广泛的角度来看，也无非是通过自己的写作直接或间接反映出时代和社会生活的某些特征和变化，毕竟诗中展现的是个体的经验、情感和感受。诗首先应该是审美的，具有某种愉悦感，并且随时代而变化，以求更好地作用于时代，但诗的精神内核却应保持不变。这些也正是我力图在诗中实现的。在这个物质丰富而精神匮乏的时代，坚持诗歌写作本身就是一种态度。对于诗歌，我们没有理由像一些人认为的那样悲观，相反更应坚持下去。巴迪欧曾说，哲学不会以任何方式走向终结，我们同样可以说，诗歌不会以任何方式走向终结。诗歌将继续存在下去，只要人类的精神存在。这本诗集的出版应该感谢广西人民出版社，也要感谢长期以来一直支持和鼓励我的家人和朋友，如果没有他们，我的写作也就缺少了某种动力。

2016.11

图书在版编目（CIP）数据

看电影及其他 / 张曙光著.—南宁：广西人民出版社，2017.11
（大雅诗丛）
ISBN 978-7-219-10353-1

Ⅰ.①看… Ⅱ.①张… Ⅲ.①诗集－中国－当代 Ⅳ.①I227

中国版本图书馆CIP数据核字（2017）第214171号

看电影及其他
张曙光 / 著

出 版 人　温六零
监　　制　白竹林
责任编辑　吴小龙　许晓琰
责任校对　张莉聆　陈 威
整体设计　刘　凛（广大迅风艺术）
肖像作者　黄　荣（《塔社》阿非工作室）

出版发行　广西人民出版社
社　　址　广西南宁市桂春路6号
邮　　编　530028
印　　刷　恒美印务（广州）有限公司
开　　本　880mm×1230mm　1/32
印　　张　9.25
字　　数　223千字
版　　次　2017年11月　第1版
印　　次　2017年11月　第1次印刷
书　　号　ISBN 978-7-219-10353-1
定　　价　45.80元

版权所有　翻印必究